QUEL EST l'ÂGE DU CAPITAINE?

Publié pour la première fois en 2 volumes en Grande-Bretagne sous les titres *Lateral Thinking Posers* et *Lateral Thinking Puzzles* en 2010 par Carlton Books Limited (20 Mortimer Street, London W1T3JW).

Traduit de l'anglais (Grande-Bretagne) par Catherine Bricout.

QUEL EST l'ÂGE DU CAPITAINE?

Erwin Brecher

MARABOUT

SOMMAIRE

À propos de l'auteur. 6

Remerciements. 8

Introduction. 9

Un jeu de société. 12

Énigmes. 16

Solutions. 251

À PROPOS DE L'AUTEUR

Erwin Brecher a fait ses études à Vienne, en Tchécoslovaquie et à Londres. Il a étudié la physique, l'économie et l'ingénierie et obtenu les diplômes d'AMIMechE (*Associate Member of the Institute of Mechanichal Engineers*) d'AMIProdE (*Associate Member of the Institute of Production Engineers*). Pour son doctorat, il s'est spécialisé dans la psychologie. Brecher s'est engagé dans l'armée tchécoslovaque en 1937 et, quand la guerre a éclaté, s'est enfui à Londres en passant par la Suisse. Il a travaillé pour De Havilland dans la conception aéronautique et a fondé en 1946 un groupe de sociétés spécialisées dans la finance et le commerce international. En 1963, ses sociétés ont été rachetées par un fonds de placement coté. Il a été nommé au bureau de direction et au conseil d'administration de sa filiale bancaire. En 1972, Erwin Brecher est devenu P-DG d'un groupe financier international ayant des bureaux à New York, Rio de Janeiro, en Suisse, à Athènes et Istanbul. Il s'est spécialisé dans la mise au point des accords de compensation internationaux. En 1974, il a pris le contrôle d'un fonds d'investissement coté et en a été le président jusqu'à sa retraite en 1984. Erwin Brecher est actionnaire et fait partie du conseil d'administration de MBA International, une société de recrutement.

Il est également directeur général d'une société de consultants fondée en 1947.
Erwin Brecher est l'auteur de nombreux essais, publiés en six langues par des maisons d'édition américaines et européennes. En septembre 1995, il a été décoré de l'ordre du Mérite d'Or par la ville de Vienne, en reconnaissance de ses travaux littéraires. Il est membre de Mensa et collabore régulièrement avec des magazines et des radios.

REMERCIEMENTS

Les sources pour ce type d'énigmes sont relativement rares et offrent un matériel insuffisant pour remplir un livre de ce format. Par conséquent, il m'a fallu inventer nombre de « situations étranges » et j'ai passé bien des nuits blanches à me creuser la cervelle. Je suis également devenu un fléau pour mes amis et ma famille que j'essayais en permanence de faire contribuer.

Le soutien fut loin d'être massif, mais je dois néanmoins être reconnaissant de quelques actes de compassion. De plus, je suis redevable aux auteurs et/ou éditeurs suivants dont j'ai utilisé le matériel sous sa forme originale ou dont les idées m'ont fourni la matière première de certaines histoires de « preuve cachée » que j'ai échafaudées : Victor Serebriakoff (*A Mensa Puzzle Book*), Scot Morris (*Omni Games*), Martin Gardner, P. Carter et K. Russell, Eugene P. Northrop, Gyles Brandreth et Paul Sloane.

Les Smith m'ont aidé à trouver des idées originales et se sont fait l'avocat du diable sur les énigmes de mon invention. Et Jennifer Iles a géré efficacement les nombreux changements et révisions.

INTRODUCTION

Ce livre présente une approche originale et passionnante de la résolution d'énigmes, par le biais de descriptions de situations peu banales, parfois même étranges, auxquelles on ne saurait fournir une explication toute faite. Ces énigmes sont cependant construites de sorte qu'il n'existe qu'une seule et unique réponse logique et sensée, correspondant aux circonstances. Chacune mêle des détails insignifiants à toutes les données nécessaires pour parvenir à la solution.

S'il n'est généralement pas facile de résoudre ce type d'énigmes, il est tout à fait concevable d'en créer de nouvelles en suivant le même schéma, une fois le mode de fonctionnement compris. Les inconditionnels pourront donc prolonger le jeu une fois la liste d'exemples fournis dans ce livre épuisée. J'attends d'ailleurs avec impatience les idées de mes lecteurs, qui seront bienvenues.

On pourrait penser que les situations étranges, par nature, élargissent le champ des réponses admissibles. De prime abord, elles semblent en effet offrir un nombre quasi infini de possibilités, ayant pour seule limite la richesse de l'imagination humaine. Certes, elles n'appellent pas de réponse strictement scientifique comme les énigmes conventionnelles ; mais je sais par expérience, que l'on soit celui qui pose l'énigme ou celui qui cherche à la résoudre, qu'il n'existe qu'une seule solution exacte capable de satisfaire chacune des parties – à quelques exceptions près, au vu de certains détails. Une fois la réponse « officielle » connue, une alternative très différente aura tendance à apparaître comme une solution de second choix, même aux yeux de ceux qui l'ont imaginée.

Quant à la méthode de réflexion, parvenir à la solution nécessite un mécanisme mental radicalement différent de celui que l'on applique à des énigmes classiques. Dans la plupart des casse-tête conventionnels, le problème posé est évident et saute aux yeux de celui qui cherche la réponse, orientant le processus mental dans une direction bien précise (celle-ci s'avérera juste ou fausse). Prenons par exemple un problème qui nécessite un calcul à faire avec papier et stylo ; on serait généralement capable de commencer à faire les calculs dès la fin de la lecture de l'énigme. Ce n'est pas le cas dans ce livre. Ici, pour certaines énigmes, la moitié du travail consiste à trouver par quel bout commencer et quelle information permettra d'éclaircir le mystère. Ainsi, plus qu'une intelligence mécanique, des notions de calcul ou des connaissances, ce qui est mis à l'épreuve se situe à la croisée de la pensée latérale et de la pensée intuitive.

Les problèmes sont généralement exposés sous forme de narration et l'histoire paraît quelque peu farfelue. La situation peut sembler totalement improbable ou contradictoire, suivre un déroulement étrange voire inexplicable, parfois même semble défier les lois de la nature ! Il existe

pourtant une explication rationnelle et le but est précisément de trouver cette explication.
Les règles de base sont les suivantes : la solution doit évidemment coïncider avec l'ensemble des éléments fournis, mais aussi se conformer aux normes comportementales admises, et doit enfin obéir aux lois physiques du monde auquel nous appartenons. En d'autres termes, on considère qu'aucune solution ne mettra en scène des créatures venant de la planète Mars, capables de voler et de voir à travers les murs.
Cela étant dit, je me dois d'ajouter une dernière chose. Par « explication rationnelle », je n'entends pas nécessairement qu'une fois apportée, la solution corresponde au réalisme de notre vie quotidienne. En revanche, elle fournira une explication en accord avec notre conception de la logique.

Erwin Brecher

UN JEU DE SOCIÉTÉ

On peut bien sûr s'attaquer seul à ces énigmes, mais il est également possible d'en faire un jeu de société amusant. Dans ce cas, il est préférable de désigner un meneur de jeu ayant connaissance des réponses. Les participants lui posent des questions auxquelles il répondra par « oui » ou par « non » jusqu'à trouver la solution. Comme il n'est pas toujours possible de répondre aux questions par un « oui » ou un « non » formel qui pourrait même parfois induire les participants en erreur, il existe une variante très utile permettant d'ajouter « hors sujet » à la liste des réponses possibles du meneur de jeu. De même, au-delà de trois participants, on peut constituer deux équipes dont les membres seront autorisés à se consulter.

Parmi les solutions des énigmes, certaines sont plus complexes et ne seront découvertes qu'en plusieurs étapes. Dans ce cas, les participants profitent considérablement des questions et des réponses de leurs adversaires. C'est pourquoi il est fortement recommandé d'attribuer des points aux équipes dont les questions obtiennent une réponse positive, puis d'octroyer des points bonus au groupe qui finalement énoncera la bonne réponse. Ainsi, on attribuera 2 points aux participants dont les questions obtiennent un « oui », et 10 points pour la résolution de l'énigme. Dans l'hypothèse

où il n'y a qu'un participant, il convient de retirer un point par question posée, que la réponse soit affirmative ou négative, puis d'attribuer 20 points pour chaque bonne réponse. La clé de la réussite consiste à adopter une approche méthodique et réfléchie dans la formulation des questions, de sorte à progressivement rétrécir le champ des possibles, presque comme si l'on menait une expérience.
À titre d'exemple, voici une devinette classique qui permettra d'analyser le fonctionnement du jeu.

Un banquier habite un appartement situé au vingtième étage d'une tour de Manhattan. Tous les matins, lorsqu'il part au bureau, il appelle l'ascenseur, appuie sur le bouton du rez-de-chaussée puis se glisse dans une limousine avec chauffeur qui le conduit jusqu'à son bureau de Wall Street. En général, lorsqu'il rentre du bureau, il monte dans l'ascenseur et appuie sur le bouton du douzième, puis monte les étages suivants à pied. À certaines occasions, il monte directement jusqu'au vingtième.

Question : Pourquoi ne prend-il pas toujours l'ascenseur jusqu'au vingtième étage ?

Considérons deux équipes, l'équipe A et l'équipe B. Voici comment le jeu et l'attribution des points pourraient se dérouler.

Équipe A : Le changement de comportement du banquier suit-il un schéma régulier ?
Réponse : Non.
Équipe B : Emprunte-t-il les escaliers afin de faire de l'exercice ?
Réponse : Non.
Équipe A : Rend-il occasionnellement visite à quelqu'un au douzième étage ?
Réponse : Non.
Équipe B : Son comportement est-il totalement aléatoire ?
Réponse : Non.
Équipe A : Le fait qu'il se rende au douzième ou au vingtième étage dépend-il d'une circonstance extérieure ?

Réponse : Oui. (+ 2 points bonus.)
Équipe B : Sa décision implique-t-elle d'autres personnes ?
Réponse : Oui. (+ 2 points bonus.)
Équipe A : Ces personnes se trouvent-elles à ses côtés dans l'ascenseur ?
Réponse : Oui. (+ 2 points bonus.)
Équipe B : Les autres usagers s'arrêtent-ils eux aussi au douzième étage ?
Réponse : Hors sujet.
Équipe A : Ne descend-il au douzième étage que s'il est seul dans l'ascenseur ?
Réponse : Oui. (+ 2 points bonus.)
Équipe B : Est-il handicapé ?
Réponse : Non.
Équipe A : Y a-t-il une raison qui l'empêche d'appuyer sur le bouton du vingtième étage ?
Réponse : Oui. (+ 2 points bonus.)
Équipe B : Est-ce que le banquier est un nain ?
Réponse : Oui. (10 points.)

L'équipe B l'emporte sur l'équipe A, avec un score total de 12 points à 8.

ÉNIGMES

1
MYOPIE

Albert Grey est atteint de myopie sévère depuis sa naissance. Il a dû subir un test de vue dont les résultats risquaient de compromettre l'obtention de son permis de conduire. Après une procédure d'appel, on lui délivre finalement un permis à condition qu'il porte en permanence les lunettes appropriées.

Un jour de grand beau temps, il prend sa voiture pour sortir faire des courses ; il porte des lunettes de soleil corrigées à sa vue tout à fait conformes aux conditions qu'on lui impose. Sur le chemin du retour, il a un accrochage avec une autre voiture. Un policier, témoin de l'accident, pense d'abord que la faute est imputable à l'autre conducteur et dresse un constat en ce sens. Mais il remarque également qu'Albert Grey ne porte pas de lunettes, comme cela est pourtant stipulé sur son permis de conduire. Interrogé sur ce point, Albert montre à l'agent de police un morceau de papier qui résout le problème.

De quoi s'agit-il ?

Solution p. 251

2
CONVERSATION TÉLÉPHONIQUE

— Bonjour, je suis bien au 966 98 76 ?
— Oui, qui est à l'appareil ?
— Tu ne reconnais pas ma voix ? Tu devrais, ma mère est la belle-mère de ta mère.
— Hein ?

Qui a cette conversation téléphonique ?

Solution p. 251

3
IVRE MORT

Un homme entre dans un pub et demande un verre. Le patron n'a jamais vu cet homme auparavant, mais sans un mot, il dégaine son arme et le tue.

Pourquoi ?

Solution p. 251

4
COURSE MORTELLE

Un après-midi, un homme monte dans un taxi et indique sa destination au chauffeur. Aucune conversation ne s'ensuit. Après quelques kilomètres, le chauffeur arrête son taxi dans un coin isolé. Il demande à son passager de sortir, puis, avec une pierre tranchante, le frappe à mort et s'enfuit. Le chauffeur n'a jamais vu cet homme, il ne connaît pas non plus son identité. Le chauffeur n'est pas connu des services de police, il n'est pas non plus psychotique et n'a pas volé son passager.

Pourquoi l'a-t-il tué ?

Solution p. 251

5
LE MENU

Un couple élégant entre dans un restaurant chic au cœur de Manhattan. Ils demandent le menu et la carte des vins et les étudient avec la plus grande attention. Ils commandent des cocktails et un menu composé de quatre plats. Pendant l'apéritif, ils se lancent dans une conversation très animée. Soudain, l'homme regarde sa montre, le couple se lève et part précipitamment sans attendre le repas. Le maître d'hôtel les regarde s'en aller, ne leur pose aucune question, et ne tente pas non plus de les retenir.

Pourquoi ?

Solution p. 251

6
LE BAISER

Une jeune femme s'approche d'un inconnu dans la rue. Sans qu'ils échangent un mot, elle pose ses lèvres sur les siennes. La scène se déroule en milieu de matinée, la femme n'a jamais vu cet homme auparavant et ne connaît pas son identité. Elle n'est pas attirée par lui et son geste n'est nullement dicté par la perspective d'une quelconque récompense.

Pourquoi se comporte-t-elle ainsi ?

Solution p. 251

7

BIEN CHOISIR SON COIFFEUR

Un représentant de commerce arrive dans une petite ville et entre dans le seul hôtel de la ville. Il demande au concierge si l'hôtel dispose d'un salon de coiffure. L'employé lui indique deux coiffeurs dans les environs.

Après s'être installé dans sa chambre, le représentant sort se promener. Il arrive devant le premier salon de coiffure et regarde à l'intérieur. Tout n'est que désordre : le sol est jonché de mouchoirs et de cheveux qui n'ont pas été balayés. Pour couronner le tout, le coiffeur a la pire coupe de cheveux que l'homme ait jamais vue. Il décide donc d'essayer le second salon.

Lorsqu'il y parvient, il découvre un lieu complètement à l'opposé du premier : propre et bien rangé et le coiffeur lui-même a une coiffure bien nette, qui respire le professionnalisme. Le représentant s'apprête à franchir le seuil du second salon, puis s'arrête brutalement, fait demi-tour et retourne sur ses pas, en direction du premier salon de coiffure.

Pourquoi ?

Solution p. 251

8
UNE CONSOMMATRICE BIEN SCRUPULEUSE

Une femme pousse un Caddie dans les allées d'un supermarché juste avant l'heure de fermeture. Elle s'arrête à plusieurs rayons, choisit soigneusement certains produits qu'elle pose dans son Caddie. Lorsqu'elle a terminé, elle quitte le magasin. Pourtant, elle ne passe pas en caisse et ne paie pas les articles qu'elle a sélectionnés.

Une explication ?

Solution p. 251

9
DANGER DANS LE CIEL

Lors d'un vol Istanbul-New York, il s'est produit un incident dont les passagers se souviendront longtemps. Pendant le vol, un passager de première classe a brusquement disparu de l'avion. Il n'a pas sauté et personne ne l'a poussé. D'ailleurs les portes de l'appareil sont restées fermées et sécurisées au moment de sa disparition. Mais quelques jours plus tard, on retrouve ailleurs son corps disloqué.

Que s'est-il passé ?

Solution p. 252

10
LE VERDICT

Le procès dura très longtemps. George Bishop était accusé de meurtre avec préméditation. Il avait fallu des heures de délibération au jury, mais il était enfin de retour.

Le juge leur demanda s'ils avaient rendu un verdict unanime et ils répondirent que oui. L'accusé fut alors relâché, bien que le jury ne l'eût pas déclaré « non coupable ».

Comment est-ce possible ?

Solution p. 252

11
LE VANDALE

Un inconnu à l'allure menaçante entre dans un restaurant un marteau à la main. Il s'approche de deux machines identiques et brusquement en réduit une en miettes, puis sort sans rien dire.

Le propriétaire du restaurant n'est pas surpris. Il semblait même s'attendre à cette visite et n'a rien fait pour intervenir. Pourtant, après le départ du visiteur, le propriétaire passe un coup de téléphone. Cet appel est à l'origine de la découverte du corps de l'inconnu le lendemain matin dans un fossé à la sortie de la ville.

Que s'est-il passé ?

Solution p. 252

12
UNE BRUNE OU UNE GUINNESS ?

Deux inconnus entrent dans un pub. Le serveur leur demande ce qu'ils souhaitent boire. Le premier dit : « Je voudrais une bouteille de bière brune » et dépose 2 livres sur le comptoir. Le serveur demande :
– Une Guinness à 2 livres ou une Jubilee à 1,50 livre ?
– Jubilee, répond le premier.
Le second dit : « Je voudrais une bouteille de bière brune » et dépose 2 livres sur le comptoir. Le serveur ne lui pose aucune question et lui sert une Guinness. Le second client n'est pas un habitué et n'a donné aucune autre indication sur ce qu'il voulait.

Comment le serveur a-t-il pu savoir ?

Solution p. 252

13
JALOUSIE

Une troupe de cirque est une grande famille. Parmi ces artistes itinérants, beaucoup appartiennent aujourd'hui au folklore de la Piste aux étoiles, éternel souvenir des enfants de tous âges. L'histoire du cirque est marquée par des dynasties comme Hagenbeck, les Franconi, les frères Ringling et, sans doute les plus célèbres, Barnum et Bailey et leur fameux Plus Grand Spectacle du Monde. Comme dans toute grande famille, la vie du cirque n'est pas toujours paisible et des tensions peuvent surgir de temps à autre. L'histoire que je m'apprête à vous narrer se déroule sous un bien plus petit chapiteau.

En ce temps-là, un spectacle de cirque comportait une ouverture, des numéros d'animaux et de jonglage, du funambulisme et du trapèze volant. Les clowns étaient la cerise sur le gâteau, et dans notre histoire, Elsa, la femme clown, était la préférée du public. Sa vivacité et son charme avaient aussi eu raison d'Arthur, le chef d'orchestre, qui était tombé fou amoureux d'elle. Mais il n'était pas seul, il devait rivaliser avec Adrian, le beau trapéziste.

Chaque soir, on attendait avec impatience le numéro de trapèze volant exécuté par Adrian et son partenaire Brian. Ils devaient tous deux se balancer les yeux bandés, sans filet de sécurité, et échanger leurs trapèzes à un moment précis. Arthur profita de ce numéro pour éliminer son concurrent.

Comment Arthur est-il arrivé à ses fins sans pour autant saboter le matériel ?

Solution p. 252

14
LES DEUX VOLEURS

Deux voleurs braquent une bijouterie fermée pour le week-end. Ils s'emparent des plus belles parures exposées en vitrine. Soudain, l'un dit à l'autre : « La police arrive, on file avec ce qu'on a. » Au début, le premier cambrioleur semble stupéfait car il n'a rien vu ni entendu. Rien ne semblait indiquer que la police était dans le voisinage, mais lorsqu'il se tourne vers son comparse, l'inquiétude le gagne et il répond : « OK, on y va. »

Pourquoi ?

Solution p. 252

15
UN CONDUCTEUR PRUDENT

Je roule sur une voie rapide à la vitesse autorisée de 90 km/h. Je suis sobre, tous mes papiers sont en règle – plaque d'immatriculation, permis, assurance – et je porte ma ceinture de sécurité. Je double trois véhicules sans jamais dépasser la vitesse de 90 km/h, pourtant un officier de police m'arrête et me donne une amende.

Pourquoi ?

Solution p. 252

16
LE MASQUE

Un homme qui exerce un métier dangereux et difficile doit porter un masque de protection. Tout à coup, il retire son masque, ce qui provoque sa mort. Il n'est ni drogué, ni en état d'ébriété et n'a aucune intention de se suicider.

Pourquoi retire-t-il son masque ?

Solution p. 252

17
LE CANDÉLABRE

La scène se déroule à Londres, chez un célèbre antiquaire de Bond Street. Une Rolls-Royce blanche s'arrête devant la boutique et un chauffeur en livrée ouvre la portière à un vieil homme élégant et distingué. Il entre chez l'antiquaire et lui montre un candélabre du XVIIe siècle exposé dans la vitrine. Il l'examine attentivement, puis engage une vive discussion avec le propriétaire de la boutique. Finalement, il lui remet un chèque de 5 000 livres et part avec le candélabre.

Peu après, le propriétaire passe plusieurs appels téléphoniques avant de fermer son magasin. Deux jours plus tard, il reçoit un appel qui l'enthousiasme.

De son côté, dans sa chambre du Ritz, l'homme élégant empaquette soigneusement le candélabre acheté deux jours auparavant et le remet à un homme plus jeune, prénommé Robert. Robert quitte l'hôtel, hèle un taxi et se rend chez le même antiquaire. Une fois là-bas, il rend le chandelier au commerçant qui le paie 9 000 livres en liquide.

Comment cela s'explique-t-il ?

Solution p. 253

18
AU BUREAU DE POSTE

Un homme entre dans un bureau de poste et demande un carnet de timbres. L'homme qui se trouve derrière le comptoir sort un pistolet et lui tire dessus.

Pourquoi ?

Solution p. 253

19
MEURTRE COLLECTIF ?

Un homme qui vit seul dans un coin isolé devient fou. Par une nuit d'orage, il éteint ses lumières, noie son feu, ferme toutes ses fenêtres, verrouille sa porte d'entrée et part. Depuis ce jour, plus jamais personne n'a entendu parler de lui. Mais le lendemain matin, sa disparition a causé la mort de 160 personnes.

Comment ?

Solution p. 253

20
LE RÊVE D'UN SOLDAT

Un soldat rêve que son roi est assassiné lors de sa première visite dans une ville étrangère. Il le supplie d'annuler cette visite, craignant que son rêve ne soit un mauvais présage. Le roi réfléchit un moment à ces recommandations, puis ordonne que l'on emmène le soldat et qu'on le décapite.

Pourquoi ?

Solution p. 253

21
LE CHAT

L'histoire suivante a servi de toile de fond au film *La Main au collet* en 1955 avec Grace Kelly et Cary Grant. Ce film se termine sur un habituel *happy end*, mais ce que le scénariste ignore, c'est qu'un innocent, si ce n'est aux yeux du brillant inspecteur Chavrol, a bien failli devenir la victime d'une erreur judiciaire.

« Le Chat » était le surnom de ce voleur de bijoux qui avait choisi comme terrain de jeux la Côte d'Azur, de Cannes à

Monte-Carlo. Il avait assurément un petit faible pour les climats ensoleillés et le luxe. C'était un maître dans l'art du déguisement et, même si ses méthodes variaient, son *modus operandi* préféré consistait à réserver pour un week-end une suite très onéreuse dans un hôtel cinq étoiles, afin de pouvoir, après un certain temps, utiliser un double des clés et s'emparer de tout ce qui l'intéressait.

Les soupçons se sont portés sur un Américain, un charmant célibataire qui louait une villa à Cap-Ferrat. Il s'appelait Brian Lewis et passait ses journées à nager et jouer au tennis, souvent en compagnie de très belles femmes. La seule chose qui le liait à l'affaire des vols était sa présence dans certaines suites plusieurs mois auparavant : une preuve bien fragile pour justifier une arrestation.

Cependant, par un soir d'été, Betty, la femme de chambre, surprit quelqu'un dans la suite 314-315 en train de tout dévaliser. Malgré sa barbe, elle crut reconnaître Brian Lewis, qui, elle en était certaine, était un ancien client. Chavrol fut sceptique sur la barbe, probablement un postiche, ou sans doute Brian Lewis l'avait-il rasée.

Les enquêtes de routine révélèrent bientôt qu'André, le coiffeur le plus en vogue de Cannes, avait récemment rasé un client, correspondant à la description de Brian. « Avec ou sans barbe, se dit Chavrol, c'est bien notre homme. » Lewis fut convoqué pour un interrogatoire, identifié avec certitude par André et Betty, et il n'avait pas d'alibi crédible. Néanmoins, il fit une déclaration après laquelle Chavrol n'eut d'autre choix que de le libérer.

Qu'a pu dire Brian Lewis ?

Solution p. 253

22
LE TEST D'ENDURANCE

Le Sahara, dont le nom provient du mot arabe *Sahrá* (« désert »), est le plus grand désert au monde. Lorsque l'Afrique du Nord appartenait encore à l'empire français, les membres de la Légion étrangère étaient soumis à un programme d'entraînement très rigoureux. L'un des tests comportait une marche obligatoire de cinq jours au cœur du désert saharien, jusqu'à Fort Flatters, avec pour seules provisions une tranche de pain et un demi-litre d'eau. Plusieurs soldats furent contraints d'abandonner à mi-chemin pour se rendre au poste de secours. Ceux qui terminèrent la course étaient arrivés dans un état plus ou moins déplorable. Hans Muller, un Allemand qui avait rejoint la Légion pour échapper à une histoire d'amour douloureuse, fut le premier à arriver à Fort Flatters. Si ce n'est la fatigue et la sueur abondante, il tenait une forme physique surprenante. Alors qu'il s'attendait à des louanges pour ses prouesses, son colonel lui dit : « Tu n'es pas digne d'appartenir à l'élite de la Légion étrangère. Tu es renvoyé. »

Pourquoi ?

Solution p. 254

23
CHEZ LE COIFFEUR

Un jour, en fin d'après-midi, un homme – appelons-le David – pousse la porte d'un salon de coiffure dans lequel un homme seul, le propriétaire, s'occupe des clients. Un homme est en train de se faire raser et trois autres patientent. « Pour combien de temps en avez-vous ? » demande David. Après quelques instants de réflexion, le coiffeur répond : « Oh, à peu près une heure. » David le remercie, puis il s'en va.

Quelques jours plus tard, environ à la même heure, le même scénario se produit à la différence près que le temps d'attente de David à présent se réduit à 40 minutes. De nouveau David acquiesce et quitte le salon. Le jour suivant, le coiffeur finit de s'occuper d'un client et personne d'autre n'attend. « Je peux vous prendre tout de suite », dit le coiffeur. David, tout décontenancé, le remercie et quitte le magasin.

Pourquoi ?

Solution p. 254

24
L'EXPÉRIENCE

Alex travaillait sur une expérience de grande importance. Malheureusement, suite à une faute d'inattention, l'expérience se révéla un échec total. Pourtant, étrangement, Alex – alors relativement inconnu dans le métier – devint une célébrité mondiale grâce à sa négligence.

Pourquoi ?

Solution p. 254

25
ÉCHEC ET MAT

Je joue aux échecs depuis longtemps et ma fille de 12 ans connaît à peine les déplacements. Récemment, deux amis joueurs d'échecs confirmés sont venus dîner à la maison. Après le repas, j'ai fait une partie contre chacun d'eux. J'ai perdu les deux parties, même si pour chacune, j'avais l'avantage d'un pion et je jouais le premier coup. Nous venions de terminer la partie lorsque ma fille est entrée dans la pièce. Apprenant ma défaite, elle s'est exclamée : « Papa, j'ai honte de toi ! Je peux faire mieux que ça ! Laisse-moi jouer contre eux. Je ne veux aucune faveur : je jouerai une partie avec les pions blancs et une avec les noirs. Je leur donne même un avantage en jouant les deux parties en même temps et je ferai mieux que toi. » Et elle a effectivement fait mieux.

Comment a-t-elle fait ?

Solution p. 254

26
JEU, SET ET MATCH

Ernest et Erwin sont deux frères, tous deux amateurs de tennis. Ils vivent à la campagne, dans une propriété qui dispose d'un court de tennis où ils s'entraînent énormément. Malheureusement, le court s'étend du nord au sud, si bien que le joueur occupant le demi-terrain nord a le soleil dans les yeux, ce qui rend le service plus difficile. Alors qu'Erwin est un joueur confirmé, Ernest débute et ses balles sortent souvent du terrain. Pour compliquer encore les choses, le terrain est fréquemment exposé à un fort vent du sud.

Le compromis classique aurait consisté à changer de place à chaque jeu, mais ils s'accordèrent sur le fait qu'il serait mieux qu'Ernest joue sur le demi-terrain nord, en dépit du fait que, même étant le joueur le plus faible, il souffrirait également du handicap du soleil et du vent.

Pourquoi ?

Solution p. 254

27
LA ROLLS-ROYCE CORNICHE

Ronnie Breskal et Ernesto Saler sont amis depuis plusieurs années. Ronnie a atteint les sommets de sa profession. Il dispose à présent de tous les signes extérieurs du succès : une belle maison, des voitures de luxe, bref, tout l'attirail. Ernesto travaille dans la même entreprise, mais son succès est bien moindre, notamment en terme de salaire. Néanmoins, Ernesto ne nourrit pas de sentiment d'amertume. Au contraire, il admire Ronnie, porte souvent les mêmes vêtements que lui et essaie par tous les moyens de ressembler à son idole.

Par un matin de printemps ensoleillé, il emprunte la Rolls-Royce Corniche de Ronnie pour faire un tour. Il s'engage dans une étroite route de montagne et alors qu'il tente de négocier un virage serré à grande vitesse, il perd le contrôle et la voiture part dans le vide. Ernesto parvient tout juste à se dégager du véhicule à temps. La Corniche, qui n'était même pas assurée, finit en véritable épave.

Plutôt que de se mettre en colère, Ronnie semble amusé et félicite Ernesto. Il ne lui en tient pas davantage rigueur.

Comment expliquer l'étrange indifférence de Ronnie ?

Solution p. 255

28
DERNIÈRE LETTRE

Une femme est assise et écrit. Il y a de l'orage dehors et c'est ce qui provoque sa mort.

Comment est-elle morte ?

Solution p. 255

29
LE FAUX PROCÈS

Dans les années 1950-1960, un groupe de terroristes tente de déstabiliser le pouvoir en place en Allemagne. Une cellule en particulier, composée d'une jeune femme et de cinq hommes, enlève un jeune employé du ministère de l'Intérieur.

Ils organisent un faux procès l'accusant de violences policières et le condamnent à mort. L'un des terroristes, Hans Helldorf, ayant particulièrement souffert de ces violences, se porte volontaire pour mener à bien l'exécution. Il tire trois coups à bout portant sur le fonctionnaire, en s'éloignant pour éviter les projections de sang à mesure que l'homme s'écroule. Puis Hans s'agenouille pour vérifier le pouls du condamné, hoche la tête en signe de satisfaction et le groupe part précipitamment.

Le matin suivant, le meurtre des terroristes fait la une de tous les journaux. Quelques jours plus tard, Helldorf rencontre un fonctionnaire de police de haut rang en civil et lui raconte toute l'histoire. Le policier prend note, serre la main de Helldorf et s'en va.

Une explication ?

Solution p. 255

30
ALCOOL AU VOLANT

À l'approche des fêtes, le préfet de police déclenche un plan d'action contre l'alcool au volant. Suivant les ordres de leur supérieur, deux de ses hommes surveillent discrètement un club select du centre-ville. Ils voient un client sortir en vacillant et s'effondrer sur le sol enneigé. Après quelques secondes, il se relève, regagne sa voiture en titubant et cherche laborieusement ses clés. Il parvient finalement à ouvrir la porte et démarrer la voiture. Il fait grincer les vitesses puis s'éloigne en zigzaguant.

Le véhicule de police s'engage à sa poursuite. Les deux officiers l'arrêtent et lui font subir un éthylotest. Le test est négatif. À l'évidence, il y a un problème avec le matériel, car cet homme empeste l'alcool. Les agents l'emmènent donc au poste pour effectuer un nouveau test. Toujours négatif. Les analyses de sang donnent les mêmes résultats. La police est perplexe.

Saurez-vous résoudre ce mystère ?

Solution p. 255

—31—
LES CONSEILLERS JURIDIQUES

Smith et Jones sont associés dans une petite entreprise spécialisée en conseil juridique. La plupart de leurs clients sont des professionnels. Jones travaillait auparavant pour une plus grande société, mais son impatience face aux lenteurs du processus de promotion l'a poussé vers d'autres horizons. Smith, plus jeune de huit ans, travaille dans le même bureau que Jones et le seconde dans ses tâches.

Un matin, juste avant midi, la secrétaire de Jones surgit dans le bureau, débordante d'enthousiasme : « Monsieur Jones, l'hôpital vient d'appeler, votre femme vient d'accoucher de jumeaux ! » À l'annonce de la nouvelle, Smith pâlit, s'empare d'un presse-papiers et le jette au visage de Jones.

Pourquoi ?

Solution p. 255

32

COMPTE À REBOURS

Les centres spatiaux, comme par exemple celui de Cap Canaveral, se situent souvent en climat tropical.

Y a-t-il une raison à cela ?

Solution p. 255

33

COPACABANA

Les jeux d'argent sont une véritable addiction, au même titre que l'alcool ou la drogue. Gert Waterman en avait fait les frais. Ses séances aux Joueurs anonymes l'avaient tiré d'affaire si bien qu'il se considérait à présent guéri. Comblés de joie, ses parents lui avaient offert une Rolex en guise de récompense et avaient proposé de lui payer deux semaines de vacances à Rio de Janeiro.

Gert avait toujours rêvé de se rendre au Brésil et jubilait déjà à l'idée d'échapper au sinistre hiver londonien pour se dorer au soleil des plages de Copacabana. Malheureusement, il avait encore 2 500 livres de dettes de jeu et ses anciennes mauvaises fréquentations n'avaient laissé planer aucun doute quant aux conséquences que cela pourrait impliquer. Il ne pouvait pas demander cet argent à ses parents, après tout ce qu'ils avaient fait pour lui. Dépité, il vendit donc la Rolex. Qui donc pourrait avoir besoin d'une montre alors qu'à Londres, il y a des horloges à tous les coins de rues ? L'heure n'était de toute façon pas une priorité pour Gert. Cette opération régla tout juste sa dette.

En arrivant à Rio, il s'installa dans son hôtel, l'Ouro Verde, et passa ses journées à se prélasser au soleil sur les plages de Copacabana et d'Ipanema. Une idée troublait ce bonheur : comment expliquer la disparition de la Rolex à ses parents ?

Le dernier jour de ses vacances, le destin lui donna un coup de pouce. Alors qu'il rentrait à son hôtel pour boucler ses valises, un homme l'agressa en le menaçant avec un couteau. Sans hésiter, Gert lui donna tout son argent, ses Traveller's chèques, son appareil photo, et même, à contrecœur, sa chevalière. Malgré la foule environnante, personne ne lui vint en aide et le malfrat s'enfuit avec son butin.

En se rendant au poste de police, Gert eu soudain une idée. Cet incident pouvait être la solution à tous ses problèmes. L'inspecteur Nivaldo Garcia prit sa déposition en dressant la liste des différents objets qu'on lui avait volés, auxquels Gert ajouta la Rolex. Il demanda une copie pour faire sa déclaration à l'assurance. Nivaldo hésita un moment, adressa à Gert un regard sévère et effaça la Rolex de la liste des objets volés.

Quel fut son raisonnement ?

Solution p. 255

34
PETITE ROUTINE

Joe quitte son domicile à 9 heures précises tous les matins du lundi au vendredi. Il descend la rue jusqu'au carrefour suivant, à l'angle d'une rue très passante. Là, il s'arrête devant l'épicerie, se tourne face à la vitrine du magasin et fait un sourire engageant. Après quelques minutes, il traverse la rue pour prendre le train de 9 h 30 et se rendre sur son lieu de travail en ville.

Comment expliquer cette petite routine ?

Solution p. 255

35
LE BANQUIER

Gerald Butcher, un banquier londonien, est retrouvé mort dans son étude, avachi sur son bureau, un pistolet à la main et une balle dans la tempe. Les stores sont baissés et la lampe de travail est allumée. Un dictaphone est posé sur le bureau. Quand l'inspecteur Brown appuie sur le bouton « play », il entend le dernier message de Butcher : « Je ne peux affronter ce déshonneur, c'est la fin… », puis le bruit d'une détonation. Sous la tête du banquier, la police trouve une lettre du Service de la répression des fraudes, tachée de sang, annonçant à Butcher qu'une enquête concernant ses affaires est sur le point d'être lancée. Tout semble indiquer un suicide, mais alors que la police s'apprête à emporter le corps, l'inspecteur Brown les interrompt et leur dit : « Attendez, je crois que c'est un meurtre. »

Quel indice a éveillé ses soupçons ?

Solution p. 255

36
L'ARRESTATION

La police brésilienne surveille un criminel très connu de ses services. Elle a enfin réuni assez de preuves contre lui pour obtenir un mandat d'arrêt.

Le criminel regarde la télévision dans son salon quand la police débarque pour l'arrêter. Les officiers tambourinent à sa porte. Le malfrat regarde par l'œilleton et, voyant qu'il s'agit de la police, monte à l'étage et entre dans sa chambre.

Comme ils n'obtiennent aucune réponse, les policiers défoncent la porte d'entrée et pénètrent dans la maison.

Après avoir scrupuleusement inspecté le rez-de-chaussée, ils montent à l'étage. Ils s'approchent de la chambre dans laquelle se cache le bandit mais n'entrent pas, bien que la porte ne soit même pas verrouillée. Ils haussent les épaules, lancent quelques jurons et, découragés, quittent la maison sans avoir pu mener à bien l'arrestation.

Comment cela s'explique-t-il ?

Solution p. 256

37

LA MONTAGNE

Ali vit dans un très joli petit village niché dans une vallée du sud de la Turquie. Alpiniste confirmé, il part tous les week-ends escalader la montagne la plus proche. Pourtant, bien qu'il soit extrêmement doué, il rebrousse toujours chemin juste avant d'avoir atteint le sommet.

Pourquoi ?

Solution p. 256

38
ACCIDENT D'AVION

Alfie Huberman a toujours nourri un intérêt pour l'aviation. Lorsqu'il part à la retraite, avec dans la poche une confortable prime de départ, il décide de s'offrir un nouveau Piper Apache. Cet achat lui coûte une somme non négligeable, mais dans la vie, rien n'est gratuit. Il n'a qu'une hâte : son premier vol.

Une belle journée s'annonce et Alfie déborde d'enthousiasme et d'impatience. Comme il s'y attendait, son avion fonctionne à merveille, fait des loopings et descend en piqué au-dessus des champs. Soudain, le moteur lâche et l'avion tombe comme une pierre. Alfie déploie tous ses efforts pour reprendre le contrôle, en vain. Son Piper s'écrase en plein champ et il est totalement détruit.

Pourtant, en dehors du choc, Alfie s'en sort sain et sauf et, étonnamment, bien qu'il y ait des gens dans les parages, personne ne semble remarquer l'accident.

Pourquoi ?

Solution p. 256

39

DEUX INCONNUS DANS UN TRAIN

Un homme monte dans un train et s'assied face au seul autre occupant du wagon, une femme qu'il n'a jamais rencontrée auparavant. Au moment où le train démarre, la femme, qui ne l'a pas reconnu, sort un papier et un crayon de son sac et les lui tend. Il écrit quelque chose puis lui rend le papier. La femme descend du train à l'arrêt suivant et jette le papier. À aucun moment ils ne se sont parlés, et ils n'avaient pas non plus prévu cette rencontre.

Expliquez ce drôle d'échange.

Solution p. 256

40
LETTRE À GRAND-MÈRE

Les jeunes garçons en internat sont, le plus souvent, justes en argent de poche. Un jour, un garçon écrit à sa grand-mère pour lui demander son aide financière. Il attend sa réponse avec impatience, mais quand elle arrive, il n'y a pas d'argent dans l'enveloppe. Au lieu de cela, sa grand-mère lui reproche d'être trop dépensier et l'encourage à mieux gérer son argent de poche. Le garçon n'est pas triste du tout et, au contraire, il est même ravi.

Pourquoi ?

Solution p. 256

—41—
LES FRÈRES JUMEAUX

Les éditeurs du *Livre Guinness des Records* reçoivent la lettre suivante :

« Messieurs,
Étant le seul ingénieur civil de l'État de Californie ayant un frère jumeau, lui aussi ingénieur civil agréé dans le même État, je pense que je mérite d'être cité dans votre ouvrage.
Sincèrement,
Kurt Wilton »

L'éditeur appelle Kurt le jour suivant :
« M. Wilton, de toute évidence, vous vous contredisez dans votre propre lettre et, par conséquent, nous ne pouvons retenir votre candidature. »

Pourquoi ce refus ?

Solution p. 256

—42—
LES CONCURRENTS

Laurent et Christophe étaient tous deux cadres supérieurs dans deux agences de publicité différentes.

En dehors du travail, ils étaient des amis proches. Ils déjeunaient régulièrement ensemble et échangeaient leurs points de vue sur leurs activités, mais toujours en prenant soin de ne pas révéler d'informations secrètes sur leurs affaires.

Leurs agences avaient toutes les deux décroché les budgets de marques de café instantané pour des publicités télévisées. L'agence de Laurent comptait utiliser le thème de l'amour pour la marque « X » tandis que pour la marque « Y », Christophe décida d'évoquer l'esprit d'aventure, les feux de camp dans les prairies, la solitude avec la tasse de café qui devient alors un véritable compagnon. Quand les deux campagnes battirent leur plein, les fabricants de la marque « X » furent déçus de constater que leur chiffre d'affaires s'effondrait, tandis que celui de la marque « Y » augmentait de 24 %.

Plus tard, Laurent et Christophe se retrouvèrent pour l'un de leurs déjeuners habituels. Et suite à une très sérieuse discussion entre eux, au cours de laquelle Laurent posa un ultimatum à Christophe, le chiffre d'affaires de la marque « X » se redressa rapidement.

Expliquez.

Solution p. 256

43
UN TRAVAIL PARMI DES MILLIONS

Robert Bradley est un homme chanceux. Il n'a que 29 ans et travaille pour une importante société qui a des bureaux partout dans le monde. Robert voyage beaucoup, toujours en première classe et toujours dans les plus beaux hôtels. Il ne vend ni n'achète rien et pourtant il est en contact étroit avec d'importants hommes d'affaires et autres têtes couronnées. Quand il parle, tout le monde l'écoute avec la plus grande attention. Arrivé à destination, il passe son temps au bord de la piscine, quand il ne fait pas du shopping. Après un jour ou deux, il repart sans avoir conclu la moindre affaire commerciale.

Quel métier exerce-t-il ?

Solution p. 257

44
L'EXPOSITION UNIVERSELLE DE PARIS

Catherine et son frère Paul arrivent de New York à Paris la veille de l'ouverture officielle de l'Exposition universelle. Ils s'installent au Ritz, Paul dans la chambre numéro 13 et Catherine dans la numéro 25, un étage plus haut.

Bien qu'épuisés par leur long voyage, ils optent pour un dîner léger au restaurant avant d'aller se coucher. Au milieu du repas, Paul peine à garder les yeux ouverts et montre une grande fatigue ; il décide alors de monter dans sa chambre et laisse Catherine finir seule son dessert.

Il est presque midi le jour suivant quand Catherine se réveille. Comme elle a prévu de retrouver Paul à 13 heures pour assister à la cérémonie d'ouverture de l'Exposition, elle s'habille rapidement. Une fois prête, elle demande à la réception d'être mise en relation avec la chambre 13. Après un silence, le réceptionniste lui répond : « Mais madame, il n'y a pas de chambre 13 dans cet hôtel. » Catherine fronce les sourcils. S'était-elle trompée de numéro de chambre ?

Elle descend voir le concierge et demande une nouvelle fois à appeler la chambre 13, mais on lui fait la même réponse :
– Vous savez, madame, c'est à cause des superstitions.
– Bien, alors dans quelle chambre se trouve mon frère ?
– Votre frère ? Mais madame, vous êtes arrivée seule hier soir.
Le concierge lui montre le registre de l'hôtel qui témoigne de l'arrivée de Catherine, mais dans lequel rien n'est noté à propos de son frère. Désemparée, Catherine demande à voir le directeur. Ensemble ils montent au premier étage.

En effet, il existe bien les chambres 12 et 14 mais pas de numéro 13.

Cette histoire est censée être vraie. Que s'est-il réellement passé ?

Solution p. 257

45
L'EXPÉDITION POLAIRE

Une expédition allemande menée par Von Hasseldorf et une autre, anglaise, dirigée par Sir Tony Priday, faisaient la course vers le pôle Nord.

La base anglaise était en contact radio étroit avec son équipe et des communiqués permettant de suivre les progrès des deux équipes étaient régulièrement retransmis à travers le monde. Un jour eut lieu le dialogue suivant :

Base : Quelle est votre position et comment se porte l'équipe ?
Sir Henry : Nous venons de passer le point que Nansen avait atteint en avril 1895. Bien que Brian souffre d'engelures, notre équipe a le moral et est en bonne santé.
Base : Comment est le temps ?
Sir Henry : La tempête de neige est terminée, le temps est

maintenant clair et ensoleillé, la température est de moins 40 degrés.
Base : Degrés Celsius ou Fahrenheit ?
Sir Henry : Degrés… (craquements).

La liaison fut interrompue et ne put être rétablie. Néanmoins la température correcte put être enregistrée et transmise aux médias.

Comment cela fut il possible ?

Solution p. 257

46
À L'ENVERS

Des spectateurs observent un homme qui marche lentement et de façon hésitante d'un coin à l'autre d'une vaste pièce. Il décrit ce qu'il voit et tout est à l'envers. Il marche pourtant normalement, ne porte ni lunettes ni lentilles de contact, ne souffre d'aucune maladie et sa vue est excellente.

Quelle est l'explication de ce drôle de comportement ?

Solution p. 257

47
URGENCE POLICIÈRE

La police est appelée en intervention dans une ferme à 30 kilomètres de la ville pour arrêter un psychopathe particulièrement dangereux qui vient de tuer deux occupants de la ferme. Sur le chemin du retour, le prisonnier attaque le policier assis à côté de lui à l'arrière de la voiture. Immédiatement le conducteur alerte le commissariat pour demander un renfort d'urgence.

Le commissariat appelle alors la seule autre voiture disponible à proximité, mais les officiers n'entendent pas l'appel et les deux policiers qui escortaient le prisonnier sont tués. Les agents de la seconde voiture sont pour le moins surpris d'être accusés d'abandon de poste à leur retour au commissariat. Leur radio était pourtant en parfait état de marche.

Alors pourquoi n'ont-ils pas répondu à l'appel d'urgence ?

Solution p. 258

48
RONDE OU CARRÉE ?

Le conseil municipal a récemment décidé de remplacer les plaques d'égout carrées de toute l'agglomération par des plaques d'égout rondes. Mais pour effectuer ces travaux, il doit augmenter les impôts locaux. Ce conseil municipal étant connu pour ses idées farfelues, beaucoup d'administrés contestent la nécessité de ces dépenses. Pourtant cette fois-ci, le choix des élus est très judicieux.

Pourquoi ont-ils eu raison d'agir ainsi ?

Solution p. 258

49
QUE SUIS-JE ?

Vous ne pouvez pas me voir avec les yeux.
Si vous me voyez, vous ne voyez rien d'autre.
Je peux vous faire marcher quand vous ne le pouvez pas.
Parfois je dis la vérité.
Parfois aussi je mens.
Et quand je mens, je ne suis jamais loin de la vérité.

Que suis-je ?

Solution p. 258

50
LE HOLD-UP

Sur une large avenue, un homme gare sa voiture en face d'une banque. Il laisse le moteur tourner, se précipite à l'intérieur de la banque et immobilise une trentaine de personnes. Puis il ressort en courant avec 1 000 euros en cash. Un policier présent qui a vu toute la scène l'interpelle et le réprimande sévèrement en lui conseillant de ne jamais recommencer.

Mais pourquoi le laisse-t-il partir ?

Solution p. 258

51
ROUGE ET NOIR

La scène : un célèbre casino à Monaco. À la roulette, un homme distingué, une belle brune à ses côtés, ne joue que les noirs ou les rouges. Un autre couple les regarde.

Une discussion s'engage entre George Benson et Isabelle Labrue :
– Tu vois Isabelle, je me demande souvent pourquoi Philip Castle continue à jouer. Il perd la plupart du temps, il doit perdre environ 100 000 euros par an.

– Il doit être très riche, répond Isabelle.
– Pas vraiment, dit George. C'est sa femme, Deborah, la ravissante créature à côté de lui, qui a de l'argent et qui finance.
– Elle doit être très amoureuse ou très stupide, sinon elle le quitterait pour un autre plus chanceux.
– Au contraire, elle se satisfait plutôt de cette situation, dit George avec un sourire entendu.

Mais en quoi cette situation peut-elle être satisfaisante ?

Solution p. 258

52

PARC AUTOMOBILE

Otto Fisher est directeur général de Sunlight Limited, une entreprise du secteur des loisirs. Sunlight dispose d'une flotte de dix voitures, toutes identiques et utilisées de la même manière, à raison de 2 000 kilomètres par an. Elles sont toutes en bon état et ne tombent presque jamais en panne. Une exploitation somme toute confortable à un détail près : certains pneus, toujours les mêmes, s'usent plus vite que les autres.

Quelle est la raison de cette usure particulière ?

Solution p. 258

53

BRAQUAGE DE BANQUE

À Coleridge, l'agence de la Banque fédérale occupe un vieil immeuble de la rue principale. Le directeur, Richard West, a cinq employés. Seuls le directeur, son assistant et la femme de ménage possèdent les clés des locaux.

Le vendredi précédant Noël, les commerçants de la ville viennent déposer leurs recettes à la banque. L'argent est entreposé dans un coffre plutôt vétuste, à l'intérieur du bureau du directeur. Il faut deux clés pour ouvrir le coffre, l'une détenue par le directeur, l'autre par son assistant.

La banque s'enorgueillit aussi d'une alarme rudimentaire qui doit être coupée au maximum trente secondes après l'ouverture des locaux. Pour plus de protection, un agent de sécurité effectue des rondes dans le bâtiment, ce qui lui prend dix minutes. À chaque fois qu'il passe devant le bureau du directeur, il peut s'assurer, grâce à un judas, que la porte du coffre-fort est intacte.

Le lundi matin suivant Noël, la femme de ménage entre dans la banque et voit immédiatement que la porte du coffre a été percée à l'aide d'un chalumeau à acétylène. La police est désemparée car l'agent de sécurité certifie qu'il a effectué ses tours de garde comme d'habitude et que le coffre était intact jusqu'à la fin de son service, qui coïncide avec l'heure d'arrivée de la femme de ménage. De plus, percer le coffre représente une bonne heure de travail.

Alors comment le cambrioleur a-t-il procédé ?

Solution p. 258

54

PIÈCE À CONVICTION NUMÉRO 1

Dans la salle d'audience, la tension était à son comble. Le procureur n'était pas à l'aise et sentait bien que le jury n'était pas complètement de son côté. Il est vrai que l'alibi de l'accusé, Henry Thompson, n'était pas très solide. Mais d'un autre côté, qui peut se souvenir de ce qu'il faisait deux ou trois mois auparavant entre 3 heures et 4 heures du matin ? L'arme du crime – un couteau répertorié comme pièce à conviction numéro 1 – appartenait à l'accusé, qui affirmait l'avoir perdu longtemps avant les faits. Ou peut-être avait-il été volé. Une preuve évidente, et qui aurait pu clore l'affaire, manquait toujours : le crime avait été commis par un gaucher alors que l'accusé, bien qu'ambidextre, prétendait être droitier.

En désespoir de cause, le procureur rappela l'accusé à la barre. Il s'adressa au jury en brandissant l'arme du crime et dit avec un ton grave : « Ceci, mesdames et messieurs, appartient, selon ses propres dires, à l'accusé et les seules empreintes qui figurent sur cette arme sont les siennes. » À ce moment-là, quand toute l'attention de la salle était focalisée sur le couteau, il se tourna vers l'accusé en criant « Attrapez ! » et lui jeta l'arme du crime. En attrapant instinctivement le couteau, Henry Thompson venait de fournir la preuve manquante au jury qui le déclara coupable.

Mais quelle est donc cette preuve décisive ?

Solution p. 259

55
LA CHAUSSETTE

À l'aéroport Charles-de-Gaulle, à Paris, les passagers du Concorde en provenance de Rio de Janeiro attendent leurs bagages devant le tapis numéro 3. Soudain, une chaussette joliment bariolée, certainement échappée d'une valise, fait son apparition sur le tapis roulant. Les passagers se regardent, amusés, jusqu'à ce que quelqu'un lance une remarque qui les fait tous éclater de rire.

Qu'a bien pu dire ce passager ?

De nombreux commentaires auraient sûrement eu le même effet, mais le lecteur est invité à trouver, par un questionnement judicieux, la solution de ce livre, considérée comme la plus amusante.

Solution p. 259

56
INSOMNIE

Les dirigeants d'IBM sont en séminaire commercial dans un hôtel de Miami. Pete et Dave occupent chacun une chambre donnant sur la piscine. Après une dure journée de conférences et de réceptions, ils regagnent tous les deux leur chambre. Bien qu'exténué, Pete ne parvient pas à trouver le sommeil. Finalement, à deux heures du matin, il appelle la réception et demande à être mis en relation avec la chambre de Dave. Au moment où Dave décroche son téléphone, Pete raccroche le sien et s'endort.

Comment a-t-il fait pour trouver le sommeil ?

Solution p. 259

57
LES SECRETS DU LAC

Jusqu'à ce qu'elle décide d'emporter le smoking de son mari chez le teinturier, Madeleine était en paix avec le monde. Elle avait tout : une belle maison au bord du lac Léman, près de Genève, et un beau mari, René, cadresupérieur à la Banque romande avec un salaire confortable. Madeleine, elle, était associée dans le cabinet d'avocats Dkverin-Millefleurs à Lausanne. Le couple avait deux adorables jumeaux, un garçon et une fille, âgés de dix ans. Mais quand Madeleine vida les poches du smoking, elle trouva une lettre d'amour torride signée de la main de sa meilleure amie, Désirée. Son monde s'effondra et pendant des jours elle dut se battre avec la douleur de cette révélation, ne sachant si elle devait en parler à René ou pas.

Un après-midi, Madeleine emmena les enfants pour une promenade sur le lac en bateau à moteur. Deux heures plus tard, elle revint, seule, décomposée et en état de choc grave. Interrogée par la police, Madeleine raconta la tragique excursion. Les enfants avaient essayé d'attraper quelque chose qui flottait sur le lac et étaient tombés pardessus bord. Madeleine avait été incapable de les sauver.

Le récit parut peu plausible aux policiers. En particulier parce que Madeleine était connue pour être une bonne nageuse. De plus ses vêtements étaient secs, elle n'avait donc pas dû faire beaucoup d'efforts pour sauver ses jumeaux. Le terrible soupçon s'accentua quand, en perquisitionnant la maison, les policiers trouvèrent la lettre de Désirée.

Après plusieurs heures d'interrogatoire, Madeleine, n'y tenant plus, fit des aveux complets. Cependant, après avoir étudié son cas, le juge d'instruction décida de clore l'affaire et Madeleine sortit du tribunal disculpée de toute charge.

Pourquoi le juge l'a-t-il acquittée ?

Solution p. 259

58
LA BALLE FATALE

Mario Franchesci a un gros problème. Il est très amoureux de Sylvia, sa petite amie, et ne peut se résoudre à l'idée qu'elle doive mourir. Il y a pourtant une preuve que Sylvia a brisé la loi de l'Omertà, ne jamais trahir la Cosa Nostra : elle a été vue déguisée sortant du bureau du procureur. Le verdict est sans appel. Le Parrain a donné l'ordre à Mario de l'éliminer. Mais Mario s'y est opposé et se retrouve donc lui-même en grand danger.

Marchant de long en large dans son studio, il sait au fond

de son cœur qu'il devra remplir son contrat. Il se rend alors à l'appartement de Sylvia et ouvre la porte avec sa propre clé. Il entre dans sa chambre à pas de loup, pendant que Sylvia est endormie. Il la regarde à la fois amoureux et angoissé, approche le pistolet de sa tempe et appuie sur la détente. C'est alors comme s'il s'était lui-même tiré dessus.

Deux jours plus tard, il est arrêté. Mario n'a pas été prudent. Il est toujours en possession de son pistolet et les médecins légistes n'ont aucun mal à prouver que la balle provient de son arme. Étonnamment, le même après-midi, toutes les charges contre lui sont abandonnées et il est relâché.

Pourquoi n'est-il pas inculpé de meurtre ?

Solution p. 259

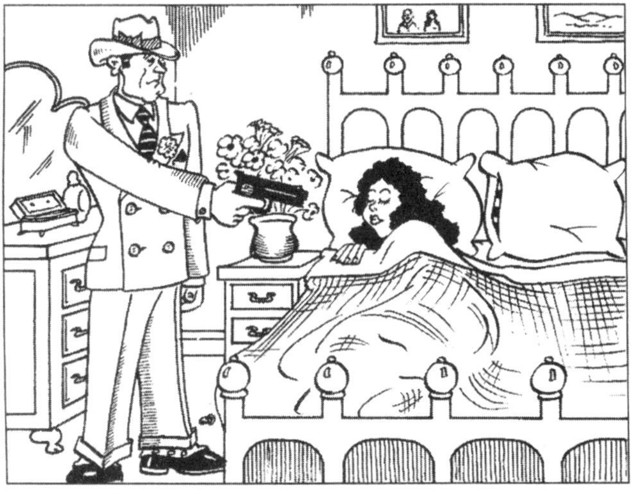

59
LA CHAPELLE

Henry Morgan n'est pas un homme très pieux. Il décide cependant de jouer la carte de la sécurité et lors d'une période difficile de sa vie, il prend goût à la prière. Son raisonnement est le suivant : s'il existe une force supérieure, cela peut s'avérer utile, dans l'hypothèse inverse, cela ne fera de mal à personne.

Une fois encore, l'échec de l'une de ses transactions immobilières le met dans une situation délicate. La seule chose qui pourrait lui épargner la faillite serait un cas de force majeure, un acte divin, comme un tremblement de terre par exemple, ou tout au moins un problème d'affaissement, car il est très bien assuré. L'espace d'un instant, l'idée de provoquer un tel accident lui traverse l'esprit, mais il se ravise, effrayé par les avancées en matière d'expertise scientifique.

Il décide alors de se rendre dans la chapelle qu'il affectionne le plus, sur le Mont-Saint-Michel. Il marche une bonne heure sous l'éclatant soleil de midi. En arrivant, il s'assoit un moment pour reposer ses jambes fatiguées. Quelques heures plus tard, une fois ses prières terminées, il s'aperçoit à son grand dam qu'il ne peut pas rentrer chez lui. Il n'est frappé d'aucune infirmité et rien d'inhabituel ne s'est produit dans les environs.

Que s’est-il passé ?

Solution p. 259

—60—
SOLDES ANNUELS

Comme chaque année, le grand magasin Berner de North Finchley s’apprête à lancer ses soldes, un véritable événement pour tous les quartiers alentour. Les réductions vont de 50 à 70 % selon les articles.

Les premiers clients arrivent dès cinq heures du matin, bien que l’ouverture n’ait lieu qu’à neuf heures. Dans l’intervalle, la file d'attente s'allonge allant presque jusqu'à encercler tout le pâté de maisons. Juste avant l'ouverture, un homme se fait déposer en taxi et s'avance immédiatement en tête de la queue. Sous la pression de hurlements hystériques, l'homme se voit repoussé à l'autre bout de la file. Il ne dit mot et son regard insistant n'y change rien. Il essaye une autre approche, mais cris de colère et menaces à peine distinctes l'obligent de nouveau à reculer. Lors de sa troisième tentative, il se fait physiquement agresser et déloger du trottoir.

Une fois son sang-froid retrouvé, il prend un morceau de papier dans sa poche et écrit quelques lignes. Il montre ensuite le papier aux personnes qui sont à côté de lui. Quel qu'il soit, son message se répand comme une traînée de poudre dans la file d'attente et suscite tout un tas de réactions allant de l'amusement à la honte.

Quel message a-t-il pu rédiger ?

Solution p. 259

61
LE POIGNARD

Suite à un appel d'urgence, l'inspecteur Miller, flanqué de Norman, son assistant, entre dans une maison de style géorgien sur la très chic Bishops Avenue. La gouvernante, sous le choc, conduit Miller jusqu'au cabinet de travail. Là, il trouve le professeur Maynard, collectionneur d'œuvres d'art, effondré sur son bureau. Il a été tué avec un poignard de sa propre collection, une cinquedea à lame large du XVe siècle.

C'est Albert, le neveu de Maynard, qui a découvert son corps. Il raconte : « Vers 10 heures, j'ai frappé à la porte du cabinet de mon oncle. Il ne m'a pas répondu, j'ai donc ouvert la porte et découvert la scène que vous voyez maintenant. Je n'ai rien touché. J'ai tout de suite appelé la police. C'est tout ce que je sais. ». C'est à cet instant que l'équipe d'expertise médico-légale arrive et se met au travail. Miller remarque que la porte-fenêtre donnant sur le jardin est légèrement ouverte.

Le rapport d'analyses établit l'heure de la mort entre 9 heures et 10 heures et stipule qu'aucune empreinte n'a été retrouvée sur le poignard. Le meurtrier portait vraisemblablement des gants. Miller se penche sur ce rapport pendant un bon moment. Il a soudain un éclair de génie et demande à Norman de solliciter un mandat d'arrêt contre Albert pour le meurtre de son oncle.

De quelle preuve Miller dispose-t-il ?

Solution p. 259

62
ACCIDENT DE VOITURE

Jim Jones rentre chez lui en voiture. Son fils, Robert, voyage à ses côtés sur le siège passager. La voiture heurte un camion et Jim est tué sur le coup. Robert est gravement blessé ; une ambulance le transporte à l'hôpital. Dans la salle d'opération, le docteur regarde Robert et dit : « Toutes mes excuses, mais je ne peux pas opérer ce patient. Il s'agit de mon fils, Robert. »

Comment est-ce possible ?

Solution p. 260

63
PÉRIL EN PLEIN VOL

Lorsque j'ai accompagné Richard au Club sportif de parachutisme d'Elsetree, j'étais loin d'imaginer que je serais le témoin d'une scène si étrange qu'aucun auteur de fiction n'aurait pu l'inventer. Voici l'histoire.

C'était une magnifique journée d'été, sans un nuage dans le ciel, un temps idéal pour effectuer le saut de groupe en parachute prévu au programme du club cet après-midi-là.

Rouler sur la route de campagne menant au club, au volant d'une MG décapotable, les cheveux caressés par la brise, était déjà un plaisir délicieux.

Au club, les préparatifs de la journée battaient leur plein. Lorsque le vieux Dakota fut prêt à mettre ses moteurs en marche et que les vingt premiers parachutistes s'approchèrent de l'appareil, Richard se dépêcha d'enfiler sa combinaison en nylon et de s'équiper. Il fut le dernier à embarquer et à s'accrocher à la sangle d'ouverture automatique.

Le projet consistait à sauter à 3 000 mètres d'altitude avant de tirer sur la poignée d'ouverture. Le sac contient deux parachutes par mesure de sécurité et l'on considère impossible qu'aucun ne s'ouvre. Dernier sur la sangle, Richard fut le dernier à sauter. C'est là que se produisit l'impensable : Richard ne rejoignait pas les autres, il était à la traîne. Il se passait manifestement quelque chose d'anormal. Pour couronner le tout, aucun de ses parachutes ne s'ouvrit.

Il survécut miraculeusement et s'en tira avec quelques blessures légères. Le plus surprenant demeure que si son parachute s'était ouvert, Richard serait probablement mort.

Comment expliquer cette curieuse histoire, qui s'avère être un fait réel ?

Solution p. 260

64
LA CADILLAC

À Southampton, trois douaniers appartenant au service de répression du trafic illicite de stupéfiants attendent l'arrivée du *Queen Elizabeth* en provenance de New York.

Pendant que les passagers de première classe débarquent, les douaniers observent discrètement ceux qui, parmi eux, attendent que leur voiture soit déchargée. L'une des premières est une Cadillac noire. En identifiant le numéro de la plaque d'immatriculation, les trois douaniers se regardent et échangent un petit sourire de connivence.

La Cadillac part à toute vitesse en direction de Londres, suivie par les Douanes, dont les véhicules se relayent à intervalles réguliers afin d'éviter de se faire repérer. Au moment où la Cadillac s'apprête à entrer dans un garage près d'Heston, les poursuivants bondissent hors de leurs véhicules. Comme ils savent précisément où chercher, ils démontent les portières pour en extraire vingt sacs de poudre blanche d'un kilo chacun. Les quatre occupants de la Cadillac sont interpellés.

Lorsque parviennent enfin les résultats du rapport d'analyses, ceux-ci s'avèrent bien décevants : on ne trouve dans les sacs plastique saisis que de la farine ordinaire.

Que faisaient les occupants de la Cadillac, à supposer que leur but ne fût pas de faire diversion ?

Solution p. 260

65
UN PRINTEMPS À LA MONTAGNE

Pendant ses vacances, un randonneur découvre, dans une prairie isolée près du village de Saint-Anton en Autriche, les corps d'un couple d'une quarantaine d'années se tenant par la main. Le suicide est exclu, rien ne semble indiquer qu'il s'agisse d'un meurtre et le rapport d'autopsie ne révèle aucune trace d'empoisonnement.

Comment ce couple a-t-il trouvé la mort ?

Solution p. 260

66
AU CENTRE COMMERCIAL

Herbert Tidy, expert en productivité, et sa femme Harriet, décident de se rendre dans le nouveau centre commercial du centre-ville. Là, Harriet consacre toute son attention aux articles exposés chez un chapelier, si bien qu'elle ne se rend même pas compte que son mari n'est plus à ses côtés. Lorsqu'elle s'aperçoit enfin de son absence, elle part immédiatement à sa recherche. Puis elle se souvient d'une phrase que lui a toujours répétée son mari : « Lorsque deux personnes essayent de se retrouver, elles ont davantage de chances d'y parvenir si l'une d'entre elles reste immobile que si les deux se cherchent simultanément. » Harriet se satisfait plutôt bien de cette théorie qui lui laisse le temps de flâner dans les rayons de chapeaux jusqu'à ce que son mari arrive. Bien qu'elle se soit souvenue de la théorie de son mari sur l'efficacité des recherches, sa stratégie s'avère bien imprudente.

Pour quelle raison ?

Solution p. 260

67

DES CHEVAUX MIS AU PAS

Alexandre, vieux roi excentrique de Draconie, voulait abdiquer, mais ne parvenait pas à décider qui de ses deux fils il souhaitait voir sur le trône à sa suite. Comme ils étaient tous deux bons cavaliers, le roi décida d'organiser une course à l'issue de laquelle le perdant, c'est-à-dire celui qui aurait le cheval le plus lent, deviendrait roi.

Chacun des fils possédait un superbe cheval et craignait que son adversaire ne trichât en bridant son cheval. C'est pourquoi, ensemble, ils décidèrent de consulter l'homme le plus sage du royaume. Trois mots lui suffirent pour leur assurer que la course serait équitable.

Quels mots prononça-t-il ?

Solution p. 260

68
ERREUR DE PILOTAGE

Tim Shaw, pilote depuis 18 ans, a un dossier professionnel irréprochable. Un après-midi, il essaie de poser un Boeing 747 de British Airways. Malgré une petite bourrasque de neige, il y a une bonne visibilité. Il réduit la vitesse de l'avion et s'aligne sur la piste d'atterrissage. C'est alors que se produit l'incident. Il semblerait que Tim ait réduit les gaz trop rapidement. Le Jumbo-jet, l'un des avions en service les plus sûrs, décroche et manque son atterrissage.

Bien que personne ne soit blessé, il est établi que l'accident est dû à une erreur de pilotage. Pourtant, Tim n'est pas mis à pied. Il continue de voler et même si son dossier professionnel s'en trouve terni, cela n'affecte en rien sa carrière.

Comment est-ce possible, étant donné l'exigence des compagnies aériennes mondiales en matière de sécurité ?

Solution p. 261

69
LE PROJET

Deux hommes décident de s'engager dans une entreprise promettant d'être extrêmement lucrative. Ils mettent leurs fonds en commun afin de se procurer le matériel nécessaire, puis à l'issue d'une vaste campagne de communication, l'aventure commence. Malheureusement, le moment venu, ils sont contraints de se débarrasser d'une partie du matériel qu'ils ont acheté, et ce afin de rester en vie.

En quoi consiste leur projet ?

Solution p. 261

70
LE VERRE D'EAU

David Higginson entre dans un bar et demande un verre d'eau. Le serveur dégaine une arme et tire un coup en l'air. David le remercie et s'en va.

Pourquoi ?

Solution p. 261

71
DRÔLE D'ENDROIT

Dans l'hypothèse bien peu probable où l'on serait enchanté de s'y trouver, mieux vaut y passer une journée plutôt qu'une année. Mais si, en revanche, cette idée vous est insupportable, il serait préférable d'y passer une année plutôt qu'une journée.

Quel est ce lieu ?

Solution p. 261

72
AUTORITÉ PRÉSUMÉE

Lee Dawson avait un quart d'heure d'avance sur son rendez-vous avec maître Stuart Gaylord, jeune associé du cabinet d'avocats Mitchell, Rosenbloom, O'Leary, Saffran et Loeb. On lui demanda de patienter jusqu'à l'heure de son rendez-vous, bien que la cloison vitrée lui laissât apercevoir Gaylord, assis à son bureau, occupé à ne rien faire si ce n'est à tirer sur son cigare.

À 15 heures précises, Dawson fut invité à entrer dans le bureau où Gaylord, sans même se lever, le salua d'une poignée de main apathique. Il proposa un cigare à son client, puis s'enfonça dans son fauteuil et opéra un dangereux mouvement de balancier, donnant l'impression à son interlocuteur qu'il risquait de tomber d'un moment à l'autre. Ce n'est pas une consultation juridique, mais un numéro de cirque, se dit Lee, irrité. « Que puis-je faire pour vous, M. Dawson ? » demanda Gaylord avec arrogance, prêt à prodiguer sa science.

C'était à l'issue de la vente de sa collection de timbres que Lee Dawson avait commencé à avoir des problèmes, mais Gaylord lui laissa raconter l'histoire en ses propres termes : « Je ne connaissais pas l'acheteur. J'ai donc insisté pour qu'il me règle les 42 000 dollars en espèces. Le matin même, je suis allé dans une agence de ma banque pour déposer l'argent sur mon compte. Cette agence, comme la plupart d'entre elles, est organisée en open-space. Une fois rempli le bordereau, je me suis rapproché d'un guichet, apparemment tenu par George Appleby, directeur adjoint. Dans cette banque, tout le monde, sauf peut-être le portier, a le titre de directeur adjoint. Appleby a recompté mes billets, paraphé le bordereau et je suis parti. Lorsque j'ai reçu mon relevé d'opérations bancaires, le crédit des 42 000 dollars n'y figurait pas. Je suis allé à la banque et j'ai fourni au directeur de l'agence le bordereau de dépôt d'espèces. Il m'a fait remarquer qu'il n'était pas tamponné et que les initiales ne correspondaient à aucun employé. De plus amples recherches ont révélé qu'Appleby était sorti déjeuner au moment où je suis venu et qu'il est probable qu'un client fatigué ait décidé de s'asseoir à sa place pour se reposer un peu. L'un des collègues d'Appleby a pu faire une description de l'inconnu à la police, mais la banque décline toute responsabilité. Que faire à présent ? »

Gaylord, qui n'avait cessé de se balancer, décida enfin de jouer la sécurité et se redressa pour adopter une position assise normale. « Ne vous inquiétez pas outre mesure, M. Dawson. Il y a quelques années, un cas similaire a fait jurisprudence. Le tribunal a considéré que le principe d'autorité présumée était applicable. Vous aviez tous les droits de croire que la personne assise derrière ce guichet était un employé de la banque. À ce titre, la responsabilité de la banque est indubitablement engagée. Il est possible qu'ils aillent jusqu'au procès, pour le principe, dans l'espoir de renverser la jurisprudence, mais ils n'ont aucune chance. Si vous décidez d'engager une procédure judiciaire, nous serons très heureux de prendre vos intérêts en main. »

Quatorze mois plus tard, au procès, le juge fit respecter le principe d'autorité présumée. Néanmoins, un témoin fit pencher la balance en faveur de la défense et les charges furent abandonnées.

Qu'a établi le témoignage ?

Solution p. 261

73
MERCADO INC.

Directeur financier de Mercado Inc., grande compagnie pétrolière, Conrad Holt avait notamment pour tâche d'inspecter les filiales situées à l'étranger. Le marché du pétrole brut étant fondamentalement spéculatif, il était impératif de surveiller de près les directeurs des succursales. Harry Green, directeur général et actionnaire majoritaire, avait approuvé plusieurs transactions qui s'étaient révélées infructueuses et avaient caus de lourdes pertes pour le groupe. Il lui tenait donc particulièrement à cœur d'éviter de nouvelles prises de risques.

Green demanda à Holt de s'envoler pour Beyrouth pour y examiner les comptes de leur filiale en propriété exclusive. Comme le veut l'usage en zone potentiellement dangereuse, Mercado Inc. avait souscrit une assurance très complète qui offrait une couverture contre les enlèvements et les demandes de rançon. La cotisation, bien qu'assez élevée au regard de l'histoire du pays, présentait l'avantage d'être déductible des charges sociales. Cette précaution s'avéra très judicieuse, car Holt fut enlevé deux jours après son arrivée. Ce n'est qu'à l'issue d'une semaine de silence que se fit entendre la voix d'un homme, revendiquant son appartenance au Hezbollah, pour demander une rançon de 3 millions de dollars. En étroite collaboration avec les assureurs, la rançon fut négociée à 2 millions de dollars. Une fois le paiement effectué, Holt fut relâché sans encombre.

Peu après son retour à New York, sous le feu des médias, Holt démissionna et partit s'installer dans le sud de la France. Il n'eut pas vraiment le temps de profiter de sa nouvelle vie, puisque, la même année, il fut victime d'un accident de voiture fatal. En apprenant la mort d'Holt, Harry Green sauta dans le premier avion en direction du sud de la France et s'introduisit par effraction dans sa villa.

Comment expliquer cette attitude étrange ?

Solution p. 261

74
CREVAISON

Après avoir crevé un pneu, un homme se gare sur le bas-côté. Il surélève sa voiture avec son cric, retire l'enjoliveur puis les quatre écrous de la roue qu'il dépose dans l'enjoliveur en question, et enfin il retire le pneu crevé. Alors qu'il est en train d'extraire la roue de secours du coffre de la voiture, son pied heurte accidentellement l'enjoliveur et les quatre écrous tombent dans une bouche d'égout. La ville la plus proche est située à quelques kilomètres. Il pourrait s'y rendre à pied ou en stop pour acheter de nouveaux écrous, mais il trouve une solution bien plus rapide.

Laquelle ?

Solution p. 261

75
AU BUREAU DE CHANGE

Quiconque aurait suivi Tim Copeland dans ses déplacements au cours des trois derniers jours n'aurait pu en croire ses yeux. Mardi, après avoir fait ses courses au supermarché sur High Street, Tim s'est rendu à la banque située sur le trottoir opposé pour acheter 1 000 dollars, bien qu'il n'eût aucune intention de se rendre aux États-Unis. Mercredi, il est retourné dans la même banque échanger ses dollars contre des livres sterling. Jeudi, il est allé chez le coiffeur pour se faire raser, puis de nouveau à la banque pour se procurer 2 000 francs suisses. Il n'avait jamais mis les pieds en Suisse et ne comptait pas s'y rendre.

Comment peut-on expliquer l'attitude de Tim ?

Solution p. 262

76
LE JUGEMENT

Un homme est jugé pour meurtre et déclaré coupable. Le juge s'exprime : « Voici le cas le plus étrange de ma carrière. Tout prouve que vous êtes coupable. Il n'y a aucun doute possible, pourtant la loi m'oblige à vous libérer. »

Quelle raison motive la décision du juge ?

Solution p. 262

77
L'AFFAIRE DE L'ANNÉE

Tous les week-ends, Frank Forrester se plaisait à lire les rubriques du *Sunday Times* au lit, de la première à la dernière ligne, y compris les publicités. Ce jour-là, dans les petites annonces, quelque chose l'interpella vivement.

Il se rendit dans un commerce, puis, à l'issue d'une phase de marchandage, paya un objet 1 600 livres. Le lendemain, il rendit visite à son ami Bruce Miller, devenu millionnaire suite à sa réussite dans l'industrie textile. Il lui proposa le même article pour 35 000 livres. Sans hésiter, Bruce le paya en liquide avec l'air de satisfaction de quelqu'un qui vient de conclure l'affaire du siècle. Une semaine plus tard, il en fit cadeau à sa femme à l'occasion de son anniversaire. Cette dernière se montra plus que ravie.

Malheureusement, celle-ci eut un accident au volant de sa Rolls-Royce Corniche qui lui coûta la vie peu de temps après. Bruce fit réparer la voiture et, vu les circonstances, s'empressa de s'en débarrasser. La voiture avait douze ans et il n'en obtint que 30 000 livres – plus ou moins le prix du marché – mais curieusement, le cadeau d'anniversaire qu'il avait fait à sa femme faisait partie du lot.

Comment peut-on interpréter cela ?

Solution p. 262

78
L'ARME ÉTAIT CHARGÉE

Le procureur s'avança en direction des jurés. « Nous sommes supposés croire que l'accusé, bien qu'en possession d'une arme chargée au moment des faits, n'a pas commis ce crime, et qu'il n'a même pas sorti le pistolet de sa poche. » Il se tourna vers l'accusé avec un sourire suffisant. « Oui, il a clairement déclaré au moment de son arrestation que l'arme n'avait pas quitté la poche droite de son pardessus pendant qu'un mystérieux agresseur assassinait la victime. Comment se peut-il alors qu'au moment de la fouille, juste après le meurtre, les policiers aient trouvé l'arme, chargée, dans sa poche intérieure gauche ? » (Le chargeur était plein, mais il avait très bien pu être remplacé une fois les coups de feu tirés et l'arme nettoyée.)

À la fin de sa plaidoirie, le procureur surprit un sourire fugace sur le visage de l'avocat de la défense et se sentit quelque peu mal à l'aise. Et pour cause, l'avocat de la défense put fournir alors une explication on ne peut plus logique à ce changement de poche, alors que l'accusé n'avait en effet même pas touché l'arme. Il fut bien sûr acquitté.

Quelle explication l'avocat a-t-il donnée ?

Solution p. 262

79
UN MEURTRE MYSTÉRIEUX

Une femme est retrouvée morte asphyxiée dans sa chambre. Le robinet de gaz du chauffage est ouvert, bien que le chauffage ne soit pas allumé, et la fenêtre de sa chambre est fermée. La porte de la chambre est fermée de l'intérieur et la femme est seule. La police conclut immédiatement à un suicide, bien qu'en fait elle ait été assassinée par son ex-mari.

Mais comment ?

Solution p. 262

80
RESSEMBLANCE

Quand Peter, en provenance de New York, a atterri à l'aéroport d'Heathrow après dix ans d'absence, il était loin de se douter qu'il rencontrerait une vieille connaissance de l'école primaire. Ils n'avaient pas beaucoup changé et se seraient immédiatement reconnus n'importe où.

– Comment vas-tu ? demanda Peter. Et qu'est-ce que tu deviens ?
– Je vais bien merci, et si tu te rappelles bien, j'aimais beaucoup le droit, je suis aujourd'hui juriste. J'ai aussi épousé

quelqu'un du Lycée français que tu n'as jamais rencontré mais dont tu as sûrement entendu parler. D'ailleurs cette jeune demoiselle à mes côtés est ma fille, Lucy.
Peter sourit tendrement et dit :
– Jeune fille, tu es le portrait craché de ta maman.

Comment peut-il savoir à quoi ressemble sa maman ?

Solution p. 262

81
LE PROFESSEUR

Une histoire vraie ?

En 1807, le professeur Gauss enseignait les mathématiques à l'université de Göttingen. Peu de temps après sa nomination, sa famille s'agrandissant, il avait décidé de déménager dans une grande maison en banlieue.

Ne voulant pas subir la corvée du déménagement, il avait demandé à sa femme de s'en occuper ; il rejoindrait sa famille, après ses cours, à leur nouvelle adresse. Entre-temps, bien qu'il se souvienne du nom du quartier, il avait oublié son adresse. Il erra dans les alentours en essayant de se repérer.

Enfin il s'adressa à un policier : « Excusez-moi monsieur l'agent, savez-vous où réside la famille Gauss ? » L'agent le reconnut et lui répondit : « Désolé, professeur Gauss, je n'en ai aucune idée, mais pourquoi ne demandez-vous pas au facteur là-bas ? » C'est ce que fit Gauss, mais une fois de plus, la réponse fut négative. Il traversa la rue et s'adressa alors à une petite fille : « Excusez-moi jeune fille, sauriez-vous par hasard où habite la famille Gauss ? »
La réponse de l'enfant le fit éclater de rire.

Mais pourquoi ?

Solution p. 262

82
MANGE ET MEURS

Une femme donne quelque chose à manger à un homme. Le mets est parfaitement comestible et l'homme ne s'est pas non plus étouffé. Pourtant, suite à cette dégustation, il meurt quelque temps plus tard.

Comment expliquez-vous ce décès ?

Solution p. 262

83
UN COMPORTEMENT ÉTRANGE

Si vous aviez pu suivre Gerald Watson à la trace, vous auriez été intrigué par son étrange comportement.

Le 1er décembre il arrive à Miami et, comme il en a l'habitude depuis quelques années, prend une chambre à l'hôtel Doral de Miami Beach. Plutôt généreux sur les pourboires, il est connu et apprécié du personnel de l'hôtel.

Quelques jours plus tard, il prend le premier vol pour l'aéroport de La Guardia. Arrivé à destination, il reste dans la salle de transit où une jolie blonde le rejoint. Une heure plus tard, le couple remonte dans un avion en direction de Miami. Arrivés à destination, ils sont attendus par une limousine de l'hôtel Hyatt Bal Harbour, où ils prennent une suite avec vue sur la mer. Watson retourne alors à l'hôtel Doral, puis les jours suivants fait des allers et retours entre les deux hôtels, prenant deux petits déjeuners et alternant une nuit dans chaque chambre.

Que manigance Gerald Watson ?

Solution p. 263

84
OÙ EST DONC L'ARME DU CRIME ?

Consolidated Gold Inc. prend grand soin de ses dirigeants. En plus d'une salle de gym, les cadres peuvent profiter d'un sauna et d'un bain turc. Ces installations sont régulièrement utilisées après les heures de bureau ou pendant la pause déjeuner.

Un soir, le directeur général et quelques membres du conseil d'administration se réunissent au bain turc. Soudain l'un des directeurs s'écroule dans une mare de sang et meurt avant que la police arrive.

L'interrogatoire a lieu dans le vestiaire attenant au bain turc. La visibilité étant considérablement réduite par la vapeur, personne n'a rien vu. Et bien que personne n'ait quitté la pièce, la recherche méticuleuse qui y est menée ne permet pas de retrouver l'arme du crime.

Trouverez-vous l'explication ?

Solution p. 263

85
SOUPÇONS

Georges soupçonnait sa femme d'avoir une aventure. Un matin, prétextant une urgence professionnelle, il ditdevoir quitter la ville quelques jours. Il sort alors de son domicile et va attendre dans un bar de l'autre côté de la rue que sa femme quitte elle aussi la maison. Puis il retourne chez lui et retrouve très vite le nom et l'adresse de l'amant de sa femme.

Comment a-t-il obtenu ces informations ?

Solution p. 263

86
UNE FEMME INFIDÈLE

John, écrivain, soupçonnait depuis un moment déjà que sa femme Eva lui était infidèle, mais n'en avait aucune preuve. Un après-midi, alors que John travaillait sur son prochain roman, Eva lui dit qu'elle souhaitait aller au cinéma et que par conséquent elle serait absente quelques heures. John la regarda, songeur, marcher jusqu'à la porte puis retourna à son travail.

À son retour trois heures plus tard, Eva retira son manteau et demanda à John s'il désirait du café. Quand elle revint de la cuisine, John la pria de s'asseoir car il avait à lui parler. « Eva, dit-il, je demande le divorce. »

Quelle est cette preuve qu'il attendait ?

Solution p. 263

87
LE LOUP DANS LA BERGERIE

Un vieux loup venait de passer des jours entiers à battre la campagne sans jamais rien trouver à manger. Affamé, il tombe alors, au beau milieu d'un champ, sur un enclos rempli de beaux moutons bien dodus. L'enclos était si haut et les barreaux si rapprochés qu'il était impossible pour un mouton où n'importe quel autre animal de s'en échapper une fois à l'intérieur. Cependant, considérablement amaigri par son long jeûne, le loup savait qu'il pourrait se glisser entre les barreaux et faire un festin de tous ces moutons. Bien que pressé par la faim, le loup, rusé, réalisa aussi qu'une fois le ventre plein, il serait incapable de s'échapper. Le loup s'assit et réfléchit, puis trouva une solution astucieuse.

Laquelle ?

Solution p. 264

88
LA GRANDE CHARTE

Le musée de l'Empire et du Commonwealth de Bristol a récemment fait les gros titres de la presse. Les médias ont consacré des articles entiers à l'installation d'un système de sécurité dernier cri. Il faut dire que le musée est connu pour la richesse et la diversité de ses œuvres, les plus connues étant l'une des quatre copies encore existantes de la Grande Charte du roi Jean sans Terre (1215) et l'autre la partition originale du Messie de Haendel. Deux pièces d'une valeur inestimable.

La pièce maîtresse du système résidait dans des capteurs introduits sous le plancher, qui étaient si sensibles que de fins réglages furent nécessaires quand le passage d'un camion ou, un autre jour, celui d'une souris déclenchèrent l'alarme. Inutile de dire que l'accès par une lucarne était impossible, le parapet entourant le toit étant lui aussi protégé.

Il était sans doute dans le tempérament d'Éric Wilton de considérer ces prétentions de sécurité sans faille comme un challenge auquel il ne pouvait résister. Il prépara son coup méticuleusement. Il s'octroya les services d'un ami un peu aventureux qui possédait un hélicoptère. Une brumeuse nuit de novembre lui parut le moment idéal. Pendant que l'hélicoptère stationnait au-dessus du toit, Éric descendit en rappel pour découper le carreau d'une lucarne. Puis il se laissa descendre la tête la première jusqu'au-dessus de la vitrine abritant la Grande Charte. C'est à ce moment que le désastre se produisit. Un paquet de cigarettes tomba de sa poche et sema la panique en touchant le sol. Son ami put s'enfuir mais Éric Wilton fut arrêté et rapidement condamné.

Étrangement, un fait anodin survenu le matin de son arrestation allait être décisif dans la vie d'Éric. Une voiture roulant vers l'est sur la route M4 avait totalement brûlé après une collision avec un bus, tuant John Reynolds, le conducteur.

Éric écopa de huit ans de prison. Mais, bizarrement, si cet accident sur la route M4 n'avait pas eu lieu, il n'aurait eu qu'une amende ou quelques jours de travaux d'intérêt général. Pourtant il ne connaissait pas Reynolds, ne l'avait jamais rencontré et ne lui avait jamais adressé la parole.

En quoi cet accident a-t-il été décisif dans la vie d'Éric Wilton ?

Solution p. 264

89
LE BEST-SELLER

Victor Bronson, écrivain, avait invité quelques amis proches pour un dîner suivi d'une lecture de son dernier roman qui était en tête des ventes depuis deux mois. Après un excellent repas, le café fut servi et les convives s'installèrent confortablement pour écouter la lecture des *Moissons de la Lun*e. Au fur et à mesure que l'histoire avançait, ses amis, même ceux qui avaient déjà lu le livre, savouraient le style et la profondeur de sa merveilleuse écriture. Fred Gordon, son éditeur, enregistrait la lecture en vue d'une édition en CD.

Tout à coup, lcs lumièrcs s'éteignirent et on sut vite que la panne concernait tout le quartier. Pourtant, bien qu'il n'y eût ni lampe électrique ni bougie, Victor continua sa lecture sans aucune hésitation, et plus tard, quand on put comparer l'enregistrement avec le livre, on constata qu'ils étaient identiques, mot pour mot.

Victor avait-il vraiment une mémoire infaillible ?

Solution p. 264

—90—
UNE MAIN DE BRIDGE

Andrew a déjà distribué la moitié des cartes pour une main de bridge quand il est interrompu par un coup de téléphone. Quand il revient à la table, personne ne se rappelle à qui il a donné la dernière carte.

Sans compter les cartes qu'il a déjà données aux trois autres joueurs ni les cartes restant à distribuer, comment peut-il reprendre sa donne sans faire d'erreur et donner précisément aux joueurs le nombre de cartes qu'ils auraient eues si le téléphone n'avait pas sonné ?

Solution p. 264

—91—
LE MYSTÉRIEUX DIALOGUE

Un homme s'était introduit dans la banque au moment où l'agent de sécurité s'apprêtait à fermer l'établissement. L'homme portait une cagoule et tenait un sac plastique de grand magasin. Il posa un papier sur le guichet et grogna « Pas de billets de 50 ».

L'agent de sécurité était en service et en s'approchant du guichet, il put entendre la conversation entre l'homme et la guichetière. Il se retira alors prestement, et même après que l'homme fut parti précipitamment, il n'appela pas la police. Ce n'est que bien plus tard que la banque prévint la police et fit une déclaration en bonne et due forme à son assurance.

Que s'est-il passé ?

Solution p. 264

—92—
LES DEUX MARINS

Un paquebot part de Hambourg et fait route vers le nord. Deux marins, Jim et John, sont sur le pont. Jim regarde vers l'est et John regarde vers l'ouest. Tout à coup, sans se retourner, John dit : « Jim, tu saignes du nez. »

Comment peut-il le savoir ?

Solution p. 264

93

EDGWARE ET EUSTON

Sharon habite Londres, dans le quartier de Hampstead, près d'une station de métro. Elle a deux amants, Wayne qui vit à Edgware et Kévin qui réside dans le quartier de Euston. Pour rendre visite à Wayne, elle prend un train sur le quai du milieu en direction du nord, et pour voir Kévin, elle prend un train en direction du sud au départ de la même gare. Comme Sharon aime ses deux amants autant l'un que l'autre, elle prend le premier des deux trains qui arrive. Elle laisse la chance lui dire si elle ira à Edgware ou à Euston. Sharon part prendre son train chaque dimanche après-midi sans tenir compte de l'heure. Les trains pour chaque destination passent à fréquence égale, environ toutes les dix minutes. Il lui semble pourtant qu'elle passe l'essentiel de son temps avec Wayne à Edgware. En fait, elle se rend chez lui 9 fois sur 10 en moyenne.

Pouvez-vous expliquer pourquoi les circonstances sont si favorables à Wayne ?

Solution p. 264

94
LE SAPHIR

John avait acheté à sa femme Kate une énorme broche en saphir et avait décidé de la lui offrir lors d'un somptueux dîner organisé pour fêter leur anniversaire de mariage. Kate, tout excitée, fit le tour de la table pour montrer fièrement son splendide bijou.

Soudain un fusible sauta et toutes les lampes s'éteignirent. La lumière fut vite revenue, mais Kate resta pétrifiée en voyant que la précieuse pierre avait disparu de son écrin.

Il se trouve que l'un des invités était un inspecteur de Scotland Yard. Il exigea que personne ne quitte la pièce. Au cas où ce fût une farce, il annonça que les lumières seraient de nouveau éteintes et que si la broche était remise dans l'écrin, placé sur une table, tout serait oublié. Ce qui fut fait, mais quand on ralluma la lumière, la broche était toujours manquante.

À ce moment, l'inspecteur ordonna à tous les convives de vider leurs poches sur la table. Tout le monde accepta la demande, hormis un jeune homme qui refusa clairement de s'exécuter. Quand l'inspecteur lui demanda pourquoi, il lui murmura sa réponse à l'oreille. Quoi qu'ait pu dire le jeune homme, l'inspecteur acquiesça et demanda à ce qu'on fouille la pièce. Évidemment la broche fut retrouvée, elle était tombée sous une chaise pendant la coupure de courant.

Mais qu'a bien pu dire le jeune homme à l'inspecteur ?

Solution p. 265

95
LES TÉMOINS DE LA DÉFENSE

Bruce et Harry avaient préparé le hold-up d'une banque avec la plus grande minutie. La cible était une succursale de banlieue de la First State Bank, un vendredi après-midi, une minute avant la fermeture. Tout l'argent déposé par les commerçants de la ville serait là pour le week-end et si les voleurs verrouillaient les portes derrière eux après être entrés dans la banque, personne ne s'étonnerait de rien.

Le hold-up se déroula exactement comme prévu. Grâce à leurs armes automatiques, le personnel n'opposa aucune résistance, et le butin dépassait leurs espérances. Une fois les employés ligotés et bâillonnés, les voleurs s'enfuirent précipitamment. Cependant, les caméras de surveillance avaient bien fait leur travail et la police n'eut aucun mal à identifier en quelques heures les coupables, qui ne portaient aucun déguisement. Ils furent arrêtés le lendemain.

Malgré les dénégations énergiques de Bruce et Harry, tous les employés de la banque les avaient reconnus et les avaient identifiés dans le fichier de la police. Cela avait tout de l'affaire vite bouclée. L'accusation s'appuya donc sur les vidéos de surveillance et sur les dépositions des employés de la banque. La défense se contenta d'appeler deux témoins, en conséquence de quoi le juge demanda aux jurés de déclarer les accusés non coupables.

Comment expliquez-vous cet extraordinaire rebondissement ?

Solution p. 265

96

L'ORDONNANCE

On l'appelait « Harry le Fou » à cause de ses idées bizarres à propos du bien-être de la communauté. Jusqu'à ce qu'il soit élu, à une majorité de trois voix, maire d'Ulm, une petite ville allemande traversée par le Danube.

L'unique coiffeur-barbier officiel de la ville éprouva quelques difficultés à persuader le maire de voter une ordonnance stipulant l'interdiction du port de la barbe et l'interdiction de se raser soi-même. Seul le barbier officiel d'Ulm serait autorisé à raser les hommes. Le barbier étant résident d'Ulm tombait cependant lui aussi sous le coup de cette loi. Pourtant l'ordonnance fut strictement respectée par tous les habitants d'Ulm.

Comment cela est-il possible ?

Solution p. 265

97

LA JUSTICE DE L'IRA

En Irlande du Nord, l'IRA inflige aux petits criminels et aux indicateurs un châtiment baptisé « la rotulienne » (tirer une balle dans chaque rotule).

Une nuit, trois membres de l'IRA entrent dans un pub « sécurisé » où un homme prend un verre, assis à une table. Ils l'attrapent et le conduisent de force hors du pub jusque dans un champ voisin. Sans dire un mot, les membres de l'IRA lui tirent une balle dans chaque genou. Au moment de l'impact, l'homme hurle et tombe à terre. Indifférents à ses cris d'agonie, ils font demi-tour, marchent prestement vers leur voiture et partent à toute vitesse.

Quand la voiture s'est suffisamment éloignée l'homme arrête de crier. Il se lève et part en marchant.

Comment a-t-il fait ?

Solution p. 265

98
SOUPÇONNÉ DE VOL

L'inspecteur Steve Roberts avait fort à faire avec James Nicholson, un suspect qui avait été arrêté suite à une violente attaque à main armée à la banque de Bâton-Rouge. Il savait que Nicholson avait fait le coup avec trois complices, mais ce dernier avait un alibi confirmé par trois témoins. Nicholson affirmait qu'il était à l'enterrement d'un vieil ami à La Nouvelle-Orléans le jour du hold-up et s'accrochait à sa version.

— Pourquoi as-tu été à cet enterrement ? demanda Steve.

— Parce que le défunt était mon meilleur ami au collège, rétorqua Nicholson.

— Et comment a-t-il été inhumé ? le pressa Steve.

— Il a été enterré bien sûr ! ricana Nicholson.

Steve regarda méchamment Nicholson avec un léger sourire au coin des lèvres. « Tu peux soudoyer tes amis tordus pour qu'ils mentent en ta faveur, mais tu viens de prouver que tu n'es pas aussi intelligent que tu le penses. Nicholson, je t'arrête pour vol à main armée. »

Comment Steve Roberts a-t-il su que Nicholson mentait ?

Solution p. 265

99
APPELS ANONYMES

Depuis que sa photo avait été publiée dans un hebdomadaire, Joan était harcelée de coups de téléphone d'un homme émettant des halètements obscènes. Au départ, elle se contenta de raccrocher pensant que l'importun se fatiguerait de perdre son temps et son argent.

Mais les coups de fil continuèrent. Elle changea alors de technique et devint grossière. Son correspondant sembla apprécier et augmenta alors la fréquence de ses appels. Désespérée, elle contacta son opérateur téléphonique, ainsi que la police. Ils lui conseillèrent de se mettre sur liste rouge. Et pour mettre un terme à ces nuisances, la police lui suggéra de rester en ligne avec son interlocuteur environ une minute, ce qui devait être suffisant pour repérer l'origine de l'appel.

Elle y arriva sans problème en feignant l'intérêt, et la police put localiser l'appel, qui venait d'une cabine téléphonique à pièces dans le quartier de Paddington. La police s'y rendit sans tarder et arrêta un homme qui s'apprêtait à sortir de la cabine téléphonique. Il nia avoir passé le moindre coup de fil en montrant qu'il n'avait pas de monnaie sur lui. Les policiers commencèrent à relever les empreintes digitales pendant que l'homme les regardait avec mépris : « Je peux vous éviter du travail, vous allez bien trouver mes empreintes parce que j'ai essayé de téléphoner en PCV, mais j'en ai eu assez d'attendre que l'opérateur réponde ; l'homme que vous cherchez a dû quitter la cabine quelques minutes avant votre arrivée. » Une fouille au corps confirma que l'homme n'avait pas de monnaie sur lui.

La police a-t-elle été bernée ?

Solution p. 265

100
DOUBLE HOMICIDE

Un homme découvre que sa femme a un amant, ainsi que des preuves que ces deux-là ont l'intention de l'éliminer. Il décide alors de devancer leur plan et, lors d'un retour de voyage, les surprend ensemble et les tue. Sachant qu'il serait le suspect numéro un, il cherche un moyen de tromper la police. Se contenter d'essuyer les empreintes digitales de l'arme du crime, un couteau, ne serait pas suffisant. Il réussit alors à produire sur le couteau des empreintes dont on ne retrouverait jamais le propriétaire.

Comment a-t-il fait ?

Solution p. 265

101
LES PRÉSIDENTS

Bob leva les yeux de son journal.
— Voilà une curieuse histoire, Tom. Il est dit ici que trois des cinq premiers présidents des États-Unis sont morts un 4 juillet. Je me demande jusqu'à quel point c'est une coïncidence.
— Je ne suis pas sûr, répondit Tom, mais je veux bien parier à 10 contre 1 que je peux nommer l'un de ces trois présidents.

Sachant que Tom ne connaît pas les dates de décès des présidents, a-t-il raison de proposer un tel pari ?

Solution p. 266

102
LIBRE ANTENNE

Tom Bradley avait quitté sa maison d'Alperton tôt ce jour-là en direction de Manchester pour un séminaire qui devait durer trois jours.

Dans sa voiture, il s'arrête sur une station de radio et écoute une émission de libre antenne. L'animateur appelle des abonnés des transports londoniens au hasard et leur demande leur point de vue sur les performances des transports publics de l'agglomération de Londres. Il écoute, amusé, trois points de vue, acquiesçant de la tête quand il est d'accord. Soudain, son visage s'assombrit. Il prend la sortie suivante et retourne prestement chez lui.

Que s'est-il passé ?

Solution p. 266

103
LE TIREUR D'ÉLITE

Un tireur d'élite accroche son chapeau et se bande les yeux. Il marche 100 mètres, se retourne et tire une balle qui transperce le chapeau. Le bandeau est complètement opaque et l'homme ne peut vraiment rien voir.

Comment a-t-il fait ?

Solution p. 266

104
IMAGERIE MÉDICALE

À l'aube de ses quarante ans, Robert Blocker n'avait jamais mis les pieds à l'étranger. Il passait ses vacances à Torquay et comme il était responsable du marketing sur le marché domestique, son travail non plus ne l'obligeait pas à voyager. Mais tout était sur le point de changer lorsqu'il fut promu directeur des exportations pour le marché sud-américain. Robert était ravi à l'idée de visiter ces pays très exotiques. Curieusement, lors de chacun de ses voyages, il emportait avec lui une radiographie médicale qu'il avait faite dix ans auparavant.

Sachant que Blocker était en parfaite santé, qu'il n'avait aucune intention de consulter un médecin et qu'il travaillait dans le secteur textile, comment expliquer cette drôle d'habitude ?

Solution p. 266

105
L'ASCENSEUR

Au dixième étage d'une tour, un homme quitte son appartement. Il appelle l'ascenseur et descend. Soudain, l'ascenseur s'arrête entre le quatrième et le troisième étage et les lumières s'éteignent. À cet instant, l'homme blêmit et s'écrit : « Oh mon Dieu, ma femme est en train de mourir ! »

Pourquoi ?

Solution p. 266

106
LE CHIRURGIEN

John, un homme élégant d'une quarantaine d'années, entre dans un bar de Manhattan. Il regarde autour de lui et s'assied à côté d'un homme à l'allure un peu miteuse qui semble avoir un sacré penchant pour la boisson. John engage la conversation et commande une tournée.

Ils échangent quelques banalités, puis John fait à l'inconnu la proposition suivante : « Je suis le docteur John Hopkins. Je suis un grand chirurgien. Si vous me laissez vous amputer de l'avant-bras gauche, je vous donne 100 000 dollars et je vous procure la prothèse. » L'inconnu hésite un peu, puis accepte la proposition. John procède alors à l'opération.

Après l'amputation, John place le membre dans de la glace, l'emballe et adresse le paquet quelque part à Los Angeles. Au même moment, il passe plusieurs appels téléphoniques sur la côte Ouest. Quelques jours plus tard, six hommes se retrouvent à Los Angeles. Ils ouvrent le paquet et examinent le contenu. L'air satisfait, le groupe se disperse après avoir enterré le membre.

D'après les circonstances, quelle explication logique peut-on trouver ?

Solution p. 266

107
L'EXHUMATION

Lorsque Mrs Watson sortit de l'hôpital, elle ne marchait pas bien, mais semblait heureuse d'être en voie de guérison. Deux jours plus tard, elle se plaignit de vertiges, mais son médecin, le docteur Thompson, ne trouva rien d'anormal.

Le samedi suivant, Helen, sa gouvernante, remarqua que son état semblait empirer. Dimanche matin, à neuf heures, Mrs Watson rendit son dernier soupir. N'étaient présents que son mari et Helen. Le docteur Thompson vint signer le certificat de décès, attribuant la mort à une gastrite et signalant son cœur fragile comme facteur contributif.

L'enterrement fut assuré par Geoffrey Griffiths, l'entrepreneur des pompes funèbres locales. Le cercueil en chêne avait été fabriqué dans son atelier et il déposa lui-même le corps de Mrs Watson à l'intérieur avant de le fermer. Pendant le transport, l'un des croque-morts fit une réflexion sur la taille du cercueil et Griffith lui expliqua que l'intérieur était rembourré.

Alors qu'il était en train de se pencher sur un livre de toxicologie, le docteur Thompson fut traversé par un doute horrible : et si la mort de Mrs Watson n'était pas ce qu'elle semblait être ? Les symptômes qu'il avait rencontrés ressemblaient en effet à un empoisonnement à l'arsenic. C'est pourquoi il avertit l'inspecteur en chef Hill, qui à son tour prévint la police judiciaire afin d'obtenir une autorisation d'exhumation, qui fut immédiatement accordée.

On commença à creuser le lendemain à midi. On exhuma le cercueil, mais l'ouverture fut repoussée jusqu'à l'arrivée de l'inspecteur en chef et des officiers de la police judiciaire. À quinze heures, le couvercle fut retiré révélant aux témoins une image qu'ils n'étaient pas prêts d'oublier. Dans le cercueil, en plus du corps de Mrs Watson, ils découvrirent le corps d'un homme d'une quarantaine d'années.

Quelle explication rationnelle peut-on fournir ?

P.-S. : soit dit en passant, les soupçons d'empoisonnement de Mrs Watson se révélèrent infondés, mais on retrouva des traces d'arsenic dans le corps de l'autre défunt.

Solution p. 267

108
LE LANDAU

Susan Carpenter est pressée. Elle a une audition à 10 heures et il est déjà 9 h 45. En passant devant une droguerie, une femme avec un landau l'arrête et lui demande :
— Pourriez-vous s'il vous plaît me garder mon bébé pendant que j'achète des couches ?

Susan regarde l'heure et répond :
— Vous savez, je suis vraiment pressée.
— Cela ne prendra qu'une minute, je reviens tout de suite, rétorque la jeune femme.
Susan accepte à contrecœur.

Les minutes s'écoulent et Susan s'impatiente de plus en plus, d'autant que le bébé se met à brailler extrêmement fort. Les passants lui jettent des regards accusateurs, ce qui ne fait que l'exaspérer davantage. Désemparée, Susan prend le bébé dans ses bras en espérant faire cesser ses pleurs. Quelle surprise de s'apercevoir que le bébé n'est en fait qu'un poupon et que les cris proviennent d'un magnétophone caché dans le landau !

Que se passe-t-il ?

Solution p. 267

109
TRANSPORT DE FUSIL

J'utilise un fusil pour le ball-trap. Ce fusil mesure 1,30 m de long. Un jour, alors que je m'apprête à prendre le train pour me rendre à un rassemblement, le guichetier m'informe qu'il est interdit aux passagers de voyager avec une arme à feu dans le wagon et qu'il ne peut être placé en soute car le bagagiste n'est autorisé à prendre aucun article dont la largeur ou la longueur excède un mètre.

Sachant que mon fusil ne peut être démonté, que puis-je faire pour m'assurer de monter à bord du train avec mon fusil ?

Solution p. 267

110
L'HYPNOTISEUR

Jack Cooper avait été très impressionné lors d'un spectacle par un hypnotiseur qui avait convaincu une partie du public d'imiter des bruits d'animaux : ils rugissaient, hurlaient et grognaient pour le plus grand plaisir du reste de l'audience. Jack s'était alors dit que quelques efforts lui suffiraient pour acquérir cette technique. Il se mit donc à la recherche d'un manuel pour l'aider dans son apprentissage. Il se rendit à la bibliothèque et trouva rapidement un volume intitulé *Guide – Hypnose*. Pourtant en commençant cette lecture, il le trouva totalement inutile.

Pourquoi ?

Solution p. 267

111
UNE FEMME REJETÉE

Dans un village de montagne en Suisse, un couple se marie. Au cours de la cérémonie, une jeune femme, qui avait été rejetée par le marié, surgit et commence à faire un scandale. « La cloche de la noce ne sonnera pas », s'exclame-t-elle, puis elle avale immédiatement une dose de poison. On la conduit d'urgence à l'hôpital.

Et cela ne rate pas ! Quand le carillonneur essaie, aucun son ne s'échappe du clocher. Certains affirment que cette femme est une sorcière qui a jeté un sort, mais d'autres imaginent qu'elle a bloqué le battant de la cloche. À l'issue de la cérémonie, ils montent au beffroi, mais tout est en état de marche. Rien ne semble empêcher la cloche de sonner.

Par quel moyen a-t-elle pu empêcher le carillon sans laisser de traces ?

Solution p. 267

112
LE NAGEUR

Un homme est retrouvé mort, simplement vêtu d'un short de bain, un masque et un tuba à ses côtés, dans un champ situé à deux cents mètres d'un lac.

Que s'est-il passé ?

Solution p. 267

113
LA GALAXIE

À Manhattan, le Musée national présenta pour l'ouverture de la saison d'automne une exposition spéciale dédiée à la troisième émeraude la plus grosse du monde, surnommée la Galaxie et dont, disait-on, la valeur équivalait à la rançon d'un roi. La pierre fut placée dans la pièce centrale de l'aile ouest et le musée fit installer un dispositif de sécurité renforcé, plus pointu que jamais.

Quiconque toucherait le dôme en cristal qui protégeait la pierre déclencherait des alarmes sonores et visuelles. Des rideaux métalliques bloqueraient l'ensemble des issues en l'espace de quatre secondes. L'exposition était placée sous vidéosurveillance. En d'autres termes, un cambriolage semblait inconcevable.

Le jour de l'ouverture, des files d'attente se formèrent et les visiteurs ne furent autorisés à entrer que par groupes de quarante-cinq. Parmi le deuxième groupe admis, une personne créa un remue-ménage important. Un homme, visiblement alcoolique, titubait de salle en salle, toujours à la traîne sur les autres.

À peine le groupe avait-il quitté la pièce centrale que toutes les alarmes se déclenchèrent. En l'intervalle de cinq secondes, les agents de sécurité ainsi qu'un officier de police arrivèrent sur les lieux. Le dôme en cristal était brisé et l'homme, abruti par l'alcool, gisait sur le sol. Il tenait dans sa main gauche la Galaxie et dans sa main droite une fiole de whisky vide.

À l'hôpital pénitentiaire, on détecta une alcoolémie cinq fois supérieure au taux légal. Il écopa d'une condamnation de deux ans avec sursis pour dommages intentionnels et troubles de l'ordre public. Lorsqu'il sortit de la salle d'audience, c'était un homme heureux et bien plus riche.

Pourquoi ?

Solution p. 268

114
OBSTACLE DANGEREUX

Dans un petit avion, à une altitude de 2 850 mètres, un passager est assis à côté du pilote. Juste devant eux s'étendent de gigantesques montagnes. Non seulement le pilote reste imperturbable, mais il ne fait rien non plus pour changer de direction ou d'altitude. Pourtant rien ne se produit.

Pourquoi ?

Solution p. 268

115
LA COLONNE DE NELSON

Rudolf Mueller vit à Düsseldorf et se rend à Londres pour son premier voyage à l'étranger. Il ne veut pas perdre une miette de son séjour de quatre jours et s'intéresse tout particulièrement aux visites les plus classiques, parmi lesquelles la Tour de Londres, le musée de Madame Tussaud, Trafalgar Square et la colonne de Nelson. Inutile de préciser que Buckingham Palace et la relève de la garde font également partie de ses projets. À son hôtel de Sussex Gardens, il se met à éplucher tous les guides touristiques pour se renseigner sur l'historique de la ville. Il apprend alors que la Tour de Londres a été construite en 1078 et que la colonne de Nelson, érigée suite à la célèbre victoire de Trafalgar, mesure 170 pieds de haut. Cela n'évoque pas grand-chose à Rudolf, lui qui n'a toujours connu que le système métrique. De ses souvenirs d'écolier, il lui semble que trois pieds valent un yard et qu'un yard représente approximativement un mètre. À côté d'une photo de la colonne, il crayonne donc 56 mètres. Malheureusement, ses faux calculs coûtent la vie de son meilleur ami.

Pourquoi ?

Solution p. 268

116
LE DA VINCI CODE

Une femme entre dans une librairie. Elle se dirige vers l'homme qui se tient derrière le comptoir et lui remet un exemplaire du livre. L'homme l'ouvre, regarde la deuxième de couverture et lui dit : « Cela fera 4 euros. » Ce livre coûte normalement 25 euros. Plus curieusement encore, elle paye les 4 euros et sort de la boutique sans prendre le livre.

Que se passe-t-il ?

Solution p. 268

117
L'HEURE D'HIVER

Un riche célibataire habitant Manhattan possède une horloge dans chacune des dix pièces de son appartement. Un samedi soir d'octobre, avant d'aller se coucher, il règle toutes ses horloges pour le passage à l'heure d'hiver. Le lendemain matin, seulement deux horloges affichent l'heure exacte.

Pourquoi ?

Solution p. 268

118
PANNE D'ESSENCE

À bord d'une voiture, un couple marié file tout droit en direction du centre-ville quand soudain la berline tombe en panne d'essence. L'homme part chercher de l'aide après s'être assuré que sa femme a remonté les vitres et verrouillé les portes de la voiture. À son retour, il retrouve sa femme morte et quelqu'un d'autre dans la voiture. Les fenêtres sont toujours fermées, les portes toujours verrouillées et le véhicule n'a pas été endommagé.

Comment la femme est-elle décédée et que faisait l'autre personne dans la voiture ?

Solution p. 268

—119—
LES CHAISES

Au décès de son père, Richard Madeley retourne s'installer à Windsor dans la maison familiale, une demeure décrépite de style géorgien. Il est à présent le seul membre vivant de sa famille et donc l'unique héritier de la propriété.

Comme il n'a pas vécu dans cette maison depuis le divorce de ses parents quand il était petit, il décide de faire le tour des lieux. Au cours de sa visite, Richard découvre une pièce fermée à clé. Il parvient à forcer la porte et trouve divers objets parmi lesquels six très belles chaises. En les regardant de plus près, Richard suppose qu'elles datent du XVIIIe siècle. Le cadre en chêne est en parfait état, mais les chaises ont sérieusement besoin d'être retapissées.

Le lendemain, Richard téléphone à un tapissier des environs et lui demande de venir regarder ses chaises. Après examen, le tapissier établit un devis de 200 livres par chaise. À ce prix, Richard ne peut se permettre de faire restaurer les six chaises, mais décide d'en faire refaire trois, et peut-être que plus tard, quand ses finances seront meilleures, il ferait réparer les trois autres.

Deux semaines plus tard, le tapissier livre les chaises fraîchement retapissées. Elles sont magnifiques. Pendant que Richard règle la somme convenue, le tapissier lui dit :
— Elles sont vraiment belles, vous devriez faire de même avec les trois autres.
— J'aimerais vraiment, mais mon budget est trop serré, répond Richard.
Le tapissier réplique :
— Écoutez, je vais vous faire une bonne remise, je vous propose de retapisser les trois autres chaises à moitié prix.
Alors que Richard réfléchit à son offre, le tapissier s'impatiente :
— Très bien, 50 livres par chaise.

Comment refuser une telle proposition ? Richard accepte et le tapissier charge le second lot de chaises dans son fourgon puis s'en va. Richard regarde s'éloigner le fourgon, quand soudain, un doute l'assaille.

Pourquoi ?

Solution p. 268

120
LE MAGASIN SPÉCIALISÉ

Henry Miller se rend dans un magasin qui vend plusieurs types d'objets utilisés quotidiennement. Tous ont exactement la même fonction, mais une fois achetés, certains peuvent être emportés immédiatement alors que d'autres nécessitent une livraison. Plus surprenant encore, certains ont plus de mille composants mobiles, d'autres moins de dix, et croyez-le ou non, certains ne possèdent aucun composant mobile.

De quel magasin peut-il s'agir ?

Solution p. 268

121
LA BOÎTE DE CONSERVE

Un homme entre dans un magasin et demande une boîte de pois.
— Cela vous fera 1 dollar, s'il vous plaît, dit le vendeur en lui tendant la boîte de conserve.
L'homme prend la boîte, l'examine et dit :
— J'ai dit pois, et non poires.

Le vendeur reprend la boîte, vérifie l'étiquette et la remet au client.
— Je vous assure que ce sont des pois, monsieur, regardez l'étiquette.
Il récupère la boîte et la secoue près de son oreille.
— Je vous assure que ce sont des poires.
Le vendeur commence sérieusement à perdre patience.
— Peut-être avez-vous un problème de vue, car l'étiquette est formelle. Il y a même une image. Cette boîte contient des pois.
— Je n'aime pas beaucoup votre ton, rétorque le client, j'aimerais voir votre responsable.

Le vendeur part chercher son manager, qui, s'approchant avec un sourire condescendant, demande au client la nature de son problème. « Votre employé affirme que cette boîte contient des pois, mais je suis certain que ce sont des poires. Il a été très insolent à mon égard et j'exige que l'on ouvre cette boîte pour vous prouver que j'ai raison, à la suite de quoi vos excuses seront de rigueur. »

Ils ouvrent la conserve qui, incontestablement, contient des poires. Le vendeur et son responsable sont sidérés. Le manager offre 10 dollars au client. Il obtient également que son employé lui présente ses plus plates excuses. L'homme accepte l'argent, ainsi que les excuses, et quitte le magasin.

Comment expliquer cette scène ?

Solution p. 269

122
LES ŒUFS

Les ornithologues s'accordent aujourd'hui à dire que les œufs ont généralement une extrémité plus étroite que l'autre pour une très bonne raison.

Laquelle ?

Solution p. 269

123
PIÈCES DE MONNAIE TRUQUÉES

Mon ami Carlos collectionne toute la panoplie d'objets utilisés par les tricheurs, escrocs professionnels et autres individus qui prennent pour cible des joueurs compulsifs et naïfs et leur extorquent de l'argent. Parmi ces objets, on trouve des cartes marquées, des dés pipés, mais aussi des pièces de monnaie dont la probabilité d'obtenir pile ou face est faussée.

Ces pièces ont fait l'objet de vives discussions entre Carlos et moi. Nous nous demandions si, en toute connaissance du trucage, nous pourrions les utiliser dans une partie de

« Pile ou Face », de sorte qu'aucun joueur ne soit avantagé sur l'autre. Prenons deux pièces, l'une lestée côté pile et l'autre lestée exactement du même poids, côté face.

Existe-t-il un moyen de jouer qui garantirait aux deux participants des probabilités parfaitement égales ?

Solution p. 269

124
LA DOT

Alors que dans les sociétés primitives c'est le mari qui rétribue son beau-père, dans de nombreuses cultures occidentales, la coutume veut que ce soit le gendre qui reçoive une précieuse dot en adéquation avec la situation financière du père de la mariée. Rudolf von Der Hagen, le plus jeune descendant d'une famille de la noblesse désargentée allemande, s'apprêtait à épouser la fille d'Otto Wernicke, banquier. Quand Rudolf lui demanda la main de sa fille, Otto consentit à offrir comme dot un appartement luxueux à Berlin, une rente honorable, ainsi que 100 000 euros.

Après le mariage, Wernicke donna à Rudolf l'acte de propriété, le certificat de la rente ainsi qu'une enveloppe. Quand von Der Hagen ouvrit l'enveloppe, il s'attendait à un chèque ou une obligation d'État de 100 000 euros, mais il n'y trouva qu'un morceau de papier déchiré. D'abord furieux, Rudolf finit par hausser les épaules et accepta finalement la situation.

Comment peut-on expliquer sa réaction ?

Solution p. 269

125
QUEL CHEMIN CHOISIR ?

Pour les vacances, Peggy et James Mottrams décident de partir faire de la randonnée en France, un pays qu'ils n'ont encore jamais visité. Ils prennent un ferry de Douvres à Calais et commencent ensuite leur expédition en s'enfonçant dans l'arrière-pays. Ils passent leur première nuit dans une petite auberge de campagne aux abords de Caen et le lendemain à l'aube, après un petit déjeuner consistant, partent vers une région peu habitée. Après quelques heures de marche, ils arrivent au croisement de quatre chemins.

Malheureusement, à la suite d'un orage, le panneau indiquant les différentes directions est récemment tombé. James demande à Peggy de regarder la carte pour se faire une idée de l'endroit où ils se trouvent. Peggy plonge sa main dans le sac mais ne trouve pas la carte. Elle se souvient alors qu'elle l'a sortie pendant leur petit déjeuner à l'auberge et l'a laissée sur la table. « Qu'allons-nous faire ? » demande-t-elle à James, d'un ton désespéré. « Ne t'inquiète pas, chérie, il y a une solution assez simple, et nous n'avons même pas besoin d'attendre que quelqu'un nous indique la route. »

Comment James et Peggy ont-ils résolu leur dilemme ?

Solution p. 270

126
L'ASSASSIN

Il était minuit quand Jeanne et Éric arrivèrent chez eux. Ils venaient de descendre de voiture quand un homme surgit des buissons avoisinants et tira à bout portant sur Éric qui s'effondra sur le sol. L'homme tira un autre coup de feu, comme pour s'assurer que sa victime était bien morte, et s'éloigna sans hâte. Jeanne, complètement choquée, s'écroula et fut accompagnée chez elle par un voisin qui avait entendu les coups de feu. Elle était encore sous calmants quand la police l'interrogea, le lendemain matin.

L'enquête révéla, preuves à l'appui, qu'Éric avait eu des liens avec le crime organisé dans sa jeunesse. De plus, on découvrit qu'il avait contracté une assurance-vie substantielle dont Jeanne était l'unique bénéficiaire. Et les relations de cette dernière avec le voisin semblaient curieusement proches. Rien d'étonnant donc à ce qu'elle fût considérée comme le principal suspect.

En outre, au cours de l'interrogatoire, Jeanne fournit une description très détaillée de l'assassin, qui s'avéra ultérieurement complètement fausse. Oui, Jeanne avait délibérément tenté d'induire la police en erreur, alors que ni elle ni le voisin n'étaient impliqués dans l'homicide. En fait, Jeanne avait été très attachée à son mari.

Pourquoi alors avait-elle tenté de tromper la police ?

Solution p. 270

127
LES YEUX BLEUS

Karine aimait son travail. Elle était chef de cabine en première classe sur la ligne Paris-New York. Sur une échelle de beauté de 1 à 10, sa note variait entre 8 et 9 selon les goûts personnels du juge. Elle recevait donc de nombreuses propositions de la part de passagers en adoration, allant de l'aventure d'un soir aux week-ends prolongés et, dans les cas extrêmes, à deux demandes en mariage.

Cependant, respectueuse de la politique de sa compagnie, Karine était insensible à toutes les supplications, y compris aux invitations à dîner « sans engagement ». Mais elle avait une passion fatale : elle était incapable de résister à un homme aux yeux bleus.

Il était probable que cela devait arriver un jour. La veille de Noël, au cours de son dernier vol de l'année, il n'y avait que trois passagers en première classe. L'un d'entre eux, Ronnie Steiner, avait les yeux les plus bleus qu'elle ait jamais vus. Karine fondit immédiatement et ne sut que prier pour qu'il l'invite à dîner. Ronnie, plongé dans son livre, ne semblait pas la remarquer, mais quand ils débarquèrent, il la regarda et, avec un sourire enjôleur, l'invita à dîner. Vous devinez la suite. Ils se marièrent et vécurent trois années paradisiaques. Puis le malheur les frappa et Ronnie la quitta.

Quand les papiers de divorce arrivèrent, Karine était anéantie. Il lui fallut plus d'un an pour se remettre et reprendre un métier – standardiste pour la société Metalex. Certaines personnes appelaient régulièrement et elle apprit vite à reconnaître leur voix. L'un d'entre eux, Éric Morain, comptait beaucoup plus pour elle que tous les autres. Il avait une voix mélodieuse et sensuelle et quand il s'annonçait, son cœur s'emballait. Éric semblait également attiré car il appelait souvent sans raison particulière, juste pour lui parler.

L'inévitable arriva. Ils tombèrent amoureux par téléphone. Cependant, quand il lui proposa une rencontre, elle refusa et éclata en larmes. Elle fut tellement désespérée qu'elle démissionna et ne reparla jamais à Éric.

Pourquoi ?

Solution p. 270

128
REPAS FATAL

Deux amis de toujours, John et David, entrent dans un restaurant spécialisé dans la cuisine exotique et passent leur commande. David opte pour du pingouin grillé au barbecue et John commande un steak de grizzly. Ils prennent l'apéritif en attendant d'être servis et se rappellent le bon vieux temps.

Les plats arrivent et David mange quelques bouchées. Soudain, il blêmit et semble totalement bouleversé. Il dégaine un revolver, tue John, puis se tue.

Pour quelle raison David agit-il ainsi ?

Solution p. 270

129
AIDER LA CHANCE

Dans un royaume lointain vivait un roi dont la fille était très belle. Elle tomba amoureuse d'un humble paysan et voulut l'épouser.

Le roi n'avait pas la moindre intention de consentir à ce mariage et suggéra plutôt de laisser le hasard décider. Tous les trois se trouvaient dans la cour du château, couverte de galets noirs et blancs. Le roi affirma en avoir ramassé un de chaque couleur et les mit tous deux dans son chapeau. Le prétendant devait prendre un galet dans le chapeau ; s'il sortait le galet blanc, il pourrait épouser la princesse, mais si c'était le noir, il ne devrait jamais la revoir. Le jeune homme était pauvre mais pas idiot. Il remarqua que, par un tour de passe-passe, le roi avait mis deux galets noirs dans son chapeau.

Comment se tira-t-il de ce mauvais pas sans accuser le roi de tricherie ?

Solution p. 271

130
WHISKY MORTEL

M. A et M. B entrent dans un bar et tous deux commandent un whisky avec des glaçons. Ils ignorent que les deux verres contiennent du poison. M. A vide son verre rapidement et continue à bavarder pendant une heure alors que M. B sirote lentement. Plus tard, M. B meurt et M. A reste en vie.

Pourquoi ?

Solution p. 271

—131—
LA SÉANCE D'IDENTIFICATION

Jeanne sortait de sa banque quand un homme en moto s'arrêta devant elle. Sans prononcer un mot, il coupa la lanière de son sac à main et s'enfuit avec celui-ci. Jeanne était très contrariée car son sac contenait 2 000 euros en coupures de 50 euros, ses cartes de crédit et, plus inquiétant, les clés de son appartement. Elle ne se rappelait pas le numéro d'immatriculation de la moto, mais elle put donner une description précise de son agresseur au policier qui enregistra sa plainte.

Un homme correspondant à sa description fut arrêté quelques heures plus tard. La police avait besoin d'une identification formelle et Jeanne n'eut aucune peine à reconnaître l'homme dans un groupe de six.

Lors de l'audience au tribunal, le procureur regarda sa montre avec ostentation, comme pour dire « Quelle perte de temps ! » Le prévenu avait déjà écopé de plusieurs condamnations, possédait une moto, avait été arrêté dans les environs et identifié, sans hésitation, par la victime. S'il y avait une affaire claire, c'était bien celle-là.

L'avocat de la défense se leva lentement et demanda seulement qu'une photo soit prise, à titre de témoignage. Quand le juge et les jurés virent la photo, l'accusation fut ridiculisée. Le juge, contenant à peine son hilarité, décida de rendre un non-lieu.

Avez-vous une explication ?

Solution p. 271

132
CLASSÉ X

Stephen Kelly sortait d'un restaurant de Soho, à Londres, quand il fut abordé par un homme à l'allure débraillée, visiblement un revendeur de billets à la sauvette. Voici la conversation qui suivit.

Le revendeur (dans un murmure) : Vous avez envie de voir un porno hard ?
Stephen : OK, mais vous me payez combien ?
Le revendeur (énervé) : Vous ne comprenez pas, vous devez me payer pour le voir.
Stephen : Mon cher, c'est vous qui ne comprenez pas. Vous devez me payer, mais je serai raisonnable.

Stephen plaisantait-il ?

Solution p. 271

133
PROMENADE DANS LE PARC

Éric Black quittait son appartement de New York tous les matins à 8 heures précises pour sa promenade quotidienne dans Central Park. Les passants souriaient en le voyant descendre la rue avec des enjambées étranges, exagérément longues. Pourtant, dès qu'il arrivait dans le parc, sa démarche redevenait parfaitement normale.

Une explication ?

Solution p. 271

134
DIALOGUE

Le dernier client était sorti et la banque était sur le point de fermer quand un homme bien habillé entra. Il portait un passe-montagne qui ne laissait voir que ses yeux et tenait dans la main gauche un grand sac en plastique. Il s'approcha du comptoir, poussa un morceau de papier vers la caissière et marmonna : « Pas de billets de 50. »

L'agent de sécurité, qui s'apprêtait à partir, fit demi-tour et s'approcha prudemment, la main sur l'étui de son revolver. À ce moment, la caissière échangea quelques mots avec l'homme masqué. En entendant le dialogue, l'agent de sécurité se retira sans dire un mot. L'homme entassa les billets dans le sac en plastique et sortit sans se presser.

Bizarrement, ni la caissière ni l'agent de sécurité n'appelèrent la police après son départ et la banque ne porta pas plainte, bien qu'elle fût bien assurée.

Imaginez-vous pourquoi ?

Solution p. 271

135

PARTIE DE CAMPAGNE

Dire que la réalité dépasse la fiction est certes un cliché, mais c'est parfois vrai. En voici un exemple.

Diane et son petit ami, Fred, étaient invités à une fête à la campagne et jouissaient d'une chambre peut-être un peu désuète mais superbe. La fête dura tout le week-end et fut merveilleuse. La nourriture était délicieuse et l'atmosphère conviviale transforma cette réunion de vieux amis en moment inoubliable.

Le lundi matin, les invités étaient partis et Diane et Fred s'apprêtaient également à rentrer chez eux. Après avoir terminé les bagages, Diane regarda autour d'elle, semblant chercher quelque chose. Puis elle se tourna vers Fred et lui demanda sur le ton de la plaisanterie : « Tu n'aurais pas bu le verre d'eau sur la table de chevet par hasard ? » Fred fit oui de la tête – catastrophe !

Diane dut appeler le service d'assistance de son assurance automobile. Moins d'une heure plus tard, une dépanneuse arriva et remorqua le couple dans l'embarras jusqu'à son domicile, qu'ils rejoignirent en une heure et demie.

Que pensez-vous qu'il était arrivé ?

Solution p. 272

136

MEURTRE EN FAMILLE

Un dimanche, tard dans la soirée, quelqu'un frappa bruyamment à la porte de William et Janet Garner. William ouvrit la porte et l'homme se présenta comme l'inspecteur Greg Nelson des services de police de Los Angeles et dit :
– Je crains que votre beau-frère n'ait été découvert assassiné cet après-midi.

– Oh mon Dieu ! Pauvre Ben ! Qui a pu commettre une telle horreur ? Ma femme va être anéantie.

William invita l'inspecteur à entrer et alla réveiller sa femme qui s'était couchée tôt en raison de maux de tête. Quand elle apprit la nouvelle, elle eut une crise de nerfs et le médecin vint lui administrer des calmants. L'inspecteur Nelson les pria de passer à son bureau le lendemain matin pour recueillir leurs dépositions.

Quand William et Janet arrivèrent au commissariat le lendemain matin, on leur indiqua le bureau de l'inspecteur.
– Pensez-vous à quelqu'un qui aurait un mobile ? leur demanda-t-il.
– Il semble certain que Ben connaissait son assassin.

William jeta un coup d'œil à Janet. « Il y a le mari de ma sœur Élisabeth, Arthur. C'est un type bizarre et il a menacé Ben au cours de leurs nombreuses disputes. » Janet essuya les larmes qui coulaient sur ses joues et dit calmement : « Il y a mon autre frère, Peter, mais lui et Ben étaient très proches. De toute façon, Peter est en voyage actuellement. »

William se pencha en avant sur son siège : « Évidemment, il y a l'oncle Lawrence. Il disait toujours que Ben souhaitait sa mort pour mettre la main sur son argent et il était convaincu que Ben essayait de le tuer. Et j'y pense, Philip devait beaucoup d'argent à Ben et Ben l'avait violemment menacé pour se faire rembourser. »

« J'en ai entendu assez, l'interrompit Nelson. Il me paraît évident que c'est vous, William Garner, qui avez commis le meurtre, et je vous mets en état d'arrestation. »

Comment l'inspecteur Nelson en est-il arrivé à cette conclusion ?

Solution p. 272

137

CONDUITE DANGEREUSE

Cette histoire s'est déroulée sur une route nationale qui traversait une petite agglomération ; la vitesse était limitée à 50 km/h. Une Rolls Royce Corniche blanche traversa le village à 130 km/h et heurta un piéton qui traversait la route ; propulsé sur le bas-côté, il y resta dans une mare de sang jusqu'à l'arrivée d'une ambulance.

Alors que plusieurs témoins avaient noté le numéro d'immatriculation et pouvaient attester de la vitesse de la voiture, le conducteur ne fut pas poursuivi, et pourtant il était facile d'établir son identité.

Une explication ?

Solution p. 272

138
CROISIÈRE DE LUXE

Il est facile de se faire des amis au cours d'une traversée transatlantique, mais de telles relations résistent rarement aux cinq jours qui s'écoulent entre Southampton et New York.

Cette anecdote se déroule lors de la troisième soirée à bord du *Queen Mary*. Après le dîner et quelques parties de bridge, un petit groupe très chic se réunit pour boire un verre et bavarder au bar du pont-promenade. Il y avait là un magnat de l'immobilier – Robert Waterman – et sa jeune secrétaire, madame Croiseau, accompagnée de son gigolo, ainsi que le comte Orlando et sa superbe femme, Élisabeth. Fred Gerrard, le célèbre joaillier, distrayait l'assemblée avec des histoires de diamants fameux et de leurs sorts.

Parmi les diamants bruts, le Grand Mogol trouvé en Inde en 1650 pesait 787 carats. L'Orloff fut volé par un soldat français, puis acheté par le prince Orloff qui l'offrit à Catherine II de Russie. Le plus célèbre de tous, le Koh-I-Noor, changea de mains à plusieurs reprises et revint à la couronne britannique en 1849. L'histoire la plus fascinante peut-être fut l'affaire du collier de la reine qui provoqua un scandale à la cour de Louis XVI et, d'après Napoléon, fut l'une des causes de la Révolution française.

La conversation dévia ensuite sur le coût élevé des assurances concernant les pierres précieuses. Pour résoudre le problème, les propriétaires les placent dans des chambres fortes et portent des répliques. Waterman était d'avis que ces imitations étaient d'une qualité telle que seul un expert pouvait faire la différence, après un examen approfondi. Fred Gerrard ne partageait pas ce point de vue et affirma qu'un œil entraîné pouvait repérer une copie à bout de bras. L'incrédulité fut générale.

À titre de démonstration, Gerrard regarda le bracelet en diamants de madame Croiseau et déclara sans hésiter qu'il s'agissait d'une superbe copie. Pour dissiper sa gêne manifeste, il ajouta : « Madame, je suis sûr que l'original est en sûreté dans le coffre-fort du bateau. » Un signe de tête discret confirma son diagnostic. Des applaudissements saluèrent l'expertise.

« D'autre part, continua-t-il, le collier de la comtesse est l'une des plus belles pièces de joaillerie que j'ai vues depuis longtemps. » La comtesse rougit visiblement et regarda Gerrard avec une expression étrange. Le comte sourit avec une satisfaction manifeste.
– Cette fois, vous vous êtes trompé, cher ami.
– Impossible, rétorqua le joaillier.
– Accepteriez-vous de parier, disons 500 dollars ? proposa le comte.

Gerrard accepta et la comtesse lui tendit le collier pour qu'il l'examine de plus près. Il l'observa pendant quelques secondes puis jeta un coup d'œil à la comtesse. « Vous avez gagné », dit-il au comte en lui tendant le montant du pari. Le groupe se sépara et chacun retourna dans sa cabine.

Le lendemain matin, Gerrard remarqua qu'un bout de papier avait été glissé sous la porte de sa cabine. Il portait le mot « merci » écrit au rouge à lèvres.

Pourquoi ?

Solution p. 272

139
DEVINETTE

L'homme qui l'a fabriqué n'en voulait pas. L'homme qui l'a acheté ne l'a pas utilisé. L'homme qui l'a utilisé ne l'a pas su.

De quoi s'agit-il ?

Solution p. 272

140
LE GLOBE-TROTTER

Je connais un homme qui, par obligation professionnelle, doit visiter régulièrement 80 pays. Il le fait en une seule journée, est le bienvenu partout, et entre et sort des pays sans passer par les services de douane ou d'immigration. Chose étonnante, il n'a même pas de passeport.

Qui est-ce ?

Solution p. 272

141
LES ENTREPRENEURS

Histoire vraie. Un homme dessina des plans pour une extension de sa villa. Il contacta plusieurs entrepreneurs afin d'obtenir un devis des travaux. Il reçut trois devis à peu près du même montant. Cependant, un quatrième entrepreneur proposait de réaliser l'extension gratuitement.

Pourquoi aurait-il fait cela ?

Solution p. 272

142
MAUVAIS GARÇONS

Les prisonniers étaient rassemblés dans le réfectoire pour le dîner. Deux des détenus les plus redoutés, Jaime Sanchez et Moses Washington, étaient engagés dans une discussion animée sur la spirale de la violence entre leurs factions rivales.

Les deux hommes avaient fait des débuts prometteurs dans la vie. Les parents de Jaime avaient toujours pensé qu'il suivrait les traces de son père dans la médecine et n'avaient pas regardé à la dépense pour ses études. Les choses se gâtèrent quand il commença à prendre de la drogue ; il devint très vite incontrôlable, se lança dans la revente et finit par commettre un meurtre.

Moses, pour sa part, avait reçu une formation religieuse mais se laissa influencer par ses vieux amis, tous membres de gangs de rue. Sa vocation religieuse partit en fumée et il devint encore plus brutal et impitoyable que le reste du gang. Moses regarda méchamment Jaime par-dessus la table et le traita d'un nom ignoble. Jaime répondit par des commentaires grossiers sur les parents de Moses. Soudain le visage de Moses s'empourpra et il serra le bras de Jaime comme dans un étau. Jaime lui donna immédiatement un coup de poing, puis sortit on ne sait d'où un couteau bricolé et en frappa Moses qui s'effondra sur la table en saignant abondamment. Les gardiens arrivèrent aussitôt et emmenèrent Moses à l'infirmerie de toute urgence.

Le lendemain, Jaime fut amené à l'hôpital pour rendre visite à Moses. Quand celui-ci le vit, il lui serra chaleureusement la main et promit de ne plus jamais l'insulter.

Une explication ?

Solution p. 273

143
LA COLLISION

Henry était un homme heureux. Il venait de signer un contrat de fourniture de 3 000 tonnes d'engrais à la Coopérative agricole du Maryland. Roulant assez vite sur l'autoroute dans sa vieille Chevrolet, il essayait de calculer son bénéfice dans l'affaire et caressait l'idée de remplacer sa vieille voiture pourrie par une Cadillac neuve.

Il était tellement absorbé dans ses pensées qu'il ne prêtait guère attention à la circulation. Sa voiture sortit de sa voie, entra en collision avec six véhicules dans la voie de circulation adjacente et se retourna. Henry et le conducteur de l'un des autres véhicules furent tués sur le coup.

Les autres voitures impliquées dans ce carnage étaient bonnes pour la casse. Cependant, aucun autre conducteur ne fut tué, blessé ou même égratigné.

Ont-ils seulement eu de la chance ?

Solution p. 273

144
LE PERROQUET

Gertrude James avait perdu son mari depuis maintenant six mois ; vivre seule avec ses souvenirs sans pouvoir parler à personne la rendait très dépressive. Un jour, elle décida d'acheter un animal qui lui tiendrait compagnie. Après avoir fait le tour du magasin, elle hésitait toujours entre un chien et un chat. « Pourquoi pas un perroquet ? » lui suggéra le gérant. Pourquoi pas, se dit-elle, je pourrais lui apprendre à parler et j'aurais au moins quelqu'un avec qui bavarder.
– Est-ce que ce perroquet parle ? demanda-t-elle au marchand.
– Madame, ce perroquet répétera tous les mots qu'il entendra, je vous le garantis.
Gertrude acheta le perroquet et rentra chez elle.

Trois mois plus tard, après des efforts permanents pour le faire parler, le perroquet ne prononçait toujours pas le moindre mot.

Voyez-vous une explication à cela, en supposant que le commerçant disait la vérité ?

Solution p. 273

145
LE MEURTRE

L'histoire se passe par une matinée animée. Sur une terrasse au 5e étage d'un immeuble, deux hommes se querellent violemment. Une foule dans la rue, en dessous, observe la scène avec un intérêt malsain.

Soudain, l'un des deux hommes saisit la jambe de l'autre et le fait basculer par-dessus la balustrade. La victime heurte le sol avec un bruit sourd et meurt peu de temps après. Bizarrement, c'est l'un des spectateurs qui est inculpé de meurtre au lieu de l'agresseur.

Pourquoi ?

Solution p. 273

146
L'ACCIDENT

Par un matin glacial d'hiver, un fermier se promenait avec son chien dans le champ couvert de neige jouxtant ses écuries. Soudain, le chien se mit à aboyer frénétiquement et l'entraîna vers un arbre isolé au milieu du champ. Le fermier découvrit qu'un homme était pendu et il remarqua ensuite que la neige dans le champ ne portait pas d'autres empreintes que les siennes et celles de son chien.

Il appela la police. L'examen médico-légal établit que la mort remontait à dix heures et était due à l'exposition au froid : le champ était couvert de neige depuis plus de deux jours. La police conclut rapidement à une mort accidentelle.

Comment expliquez-vous cette mort étrange ?

Solution p. 273

147
RENCONTRE À L'AMBASSADE

Deux individus de nationalité japonaise qui ne s'étaient jamais vus se sont rencontrés à leur ambassade à Paris. Pourtant l'un était le père du fils de l'autre.

Comment l'expliquez-vous ?

Solution p. 273

148
HOMICIDE

Peter Collins était accusé de meurtre au premier degré. Il plaida la légitime défense, affirmant qu'il avait été attaqué par la victime avec un couteau de cuisine. L'accusation reposait sur de pures présomptions et donc, après une négociation de peine mouvementée, un jugement d'homicide involontaire fut rendu avec une peine de trois à sept ans.

En prison, il se trouva que Collins partageait la cellule d'un tueur à gages de la mafia qui avait écopé d'une peine de deux ans pour possession d'arme offensive, une arme de poing, sans permis de port d'arme.

Quelques mois plus tard, quand les deux hommes se furent liés d'amitié, Collins avoua à son compagnon de cellule qu'il s'en était tiré avec un homicide involontaire alors qu'il avait commis le meurtre pour le compte d'un syndicat du crime. Sur le ton de la fierté professionnelle, l'autre détenu lui raconta à son tour, en détail, plusieurs de ses propres contrats. Peut-être le syndicat de Peter pourrait-il utiliser également ses services quand il serait relâché ?

Un peu plus tard, Peter fut transféré dans une autre prison. Son avocat adressa alors une requête au gouverneur de l'État, qui donna une réponse favorable. Collins fut relâché au bout de cinq mois d'emprisonnement seulement.

Comment l'expliquez-vous ?

Solution p. 273

149
DRÔLE D'ÉCHANGE

Après avoir pris des précautions, ils s'étaient donné rendez-vous dans un entrepôt abandonné. Chaque groupe était composé de trois hommes à l'allure patibulaire et les renflements sous leurs vestes indiquaient que les six individus étaient armés. Quand le second groupe arriva, le chef du premier ouvrit une mallette contenant cent billets de 50 euros.

Pour éviter tout malentendu, il avait été convenu que ces billets étaient authentiques et en parfait état, et ne portaient pas des numéros qui se suivaient.

Après inspection, un membre du second groupe ouvrit une enveloppe et paya 2000 euros pour la mallette contenant 5000 euros. Les parties semblèrent satisfaites de cet arrangement.

Votre explication ?

Solution p. 273

150
LE CLUB DES ADMIRATEURS DE JAMES DEAN

La section de New York du Club des admirateurs de James Dean est réunie pour la projection d'un nouveau docudrame fondé sur la vie de son idole. Précisément au moment où le film aborde la mort de James Dean, l'auditoire éclate d'un rire hystérique et applaudit.

Pourquoi ?

Solution p. 274

151
LES AMANTS

Pauline n'était certainement pas une jeune fille timide, bien au contraire. Elle avait trois petits amis en même temps et apparemment toute la ville le savait, hormis les trois intéressés.

Un matin de bonne heure, alors qu'il regardait tomber la fine pluie d'automne par la fenêtre de son bureau,l'inspecteur Milan reçut un appel téléphonique de Paul Jeannin – l'un des trois petits amis de Pauline –, bouleversé. En arrivant chez elle, à la périphérie de la ville, il avait trouvé la porte de la maison entrouverte et, après être entré, il avait découvert son corps ; elle avait été matraquée à mort. L'inspecteur dit à Paul de rester sur place et il se rendit immédiatement sur la scène du crime avec son assistant.

Plus tard dans la journée, après des investigations approfondies, l'inspecteur Milan réunit les trois principaux suspects – Paul et les deux autres petits amis, Pierre et David – au commissariat pour recueillir leurs dépositions. Pierre déclara qu'il n'était pas en ville la veille au soir. Il avait téléphoné à Pauline à 23 heures de son hôtel et ils avaient prévu une soirée le week-end suivant. David dit qu'il avait assisté à une fête de bureau, beaucoup bu et passé la nuit chez un collègue. Enfin, Paul dit qu'il avait vu Pauline la veille au soir. Ils avaient dîné et organisé une excursion pour le lendemain. Il l'avait quittée vers 21 h 30 et avait rejoint son appartement à l'autre bout de la ville.

L'inspecteur fixa Paul avec dureté et lui dit : « M. Jeannin, vous mentez manifestement sur vos déplacements pendant ces dernières vingt-quatre heures et je vous arrête pour le meurtre de Pauline Pierral. »

Comment avait-il compris ?

Solution p. 274

152
TÉMOIN VISUEL

Claire Vermont, riche veuve de feu Raymond Vermont, éditeur de romans policiers, possédait une belle propriété dans une banlieue dorée. Un soir tard, alors qu'elle regardait par la fenêtre de son salon, elle vit avec horreur un homme en train d'étrangler une femme.

Son premier réflexe fut d'ouvrir la porte et de tenter d'arrêter l'agresseur. Mais elle ne le fit pas. Elle n'appela pas non plus la police, alors que son téléphone fonctionnait parfaitement. Bien qu'elle ne souffrît d'aucun problème physique, elle sentit qu'il était complètement inutile d'intervenir. Elle n'appela même pas à l'aide son maître d'hôtel, qui logeait dans la maison et était présent.

Expliquez ce comportement étrange.

Solution p. 274

153

OFFRE D'EMPLOI

Frank Kolmin était président de United Technologies, une multinationale qui avait des bureaux dans le monde entier. Le siège de la société, dans l'Empire State Building de New York, occupait les étages 12 à 15, mais Frank était un ambassadeur itinérant de son groupe et se rendait régulièrement en Amérique du Sud, en Europe et en Extrême-Orient.

Il fit passer un jour l'annonce suivante dans le *Wall Street Journal*.

« Recherchons représentant à temps partiel pour voyages occasionnels à l'étranger. Aucune expérience précédente exigée, mais connaissance pratique du français et de l'urdu indispensable. Excellents salaire et commission. Les candidats peuvent écrire, en joignant leur CV, au Wall Street Journal, *Boîte n° 82. »*

Kolmin n'avait aucun besoin de personnel répondant à ce profil.

Alors pourquoi passa-t-il cette annonce ?

Solution p. 274

154
LES CHAUSSURES EN CROCODILE

Un Argentin, fabricant de chaussures de luxe en crocodile, voulait ouvrir le marché américain à ses produits. Mais il trouvait les taxes à l'importation trop élevées pour vendre ses chaussures à un prix compétitif. Il imagina un stratagème lui permettant d'exporter vers les États-Unis, en évitant les taxes d'importation prohibitives, sans enfreindre la loi ni faire quoi que ce soit d'incorrect.

Quel était ce stratagème ?

Solution p. 274

155

L'INTERPHONE

Henri Dumont, directeur général d'Intertrust, décida qu'il était temps d'introduire un réseau d'Interphone dans ses bureaux. Il est vrai que son équipe se limitait à neuf personnes, mais il faut vivre avec son temps. L'étape suivante serait l'informatisation des comptes clients et des stocks, en espérant que l'expansion de son imprimerie justifierait cette augmentation des frais généraux. Dumont opta pour un système IBM, avec une station maîtresse et huit sous-stations.

Un jour, un client passa au bureau sans avoir pris rendez-vous et insista pour voir le patron. Dumont était très occupé à préparer un devis pour une grosse commande, mais les affaires sont les affaires et il décida de recevoir le visiteur. Celui-ci avait seulement besoin de papeterie. Non seulement il marchanda le prix, mais il se lança dans une tirade interminable sur les défauts de la stratégie économique du Gouvernement. Dumont était de plus en plus agité et, sous prétexte de consulter son expert en papier à en-tête, il quitta la pièce et envoya Richard supporter la suite.

Au bout d'une bonne demi-heure, Dumont en eut plus qu'assez. Il se dirigea vers la plus proche station d'Interphone et appela son bureau. « Débarrassez-vous de ce casse-pieds, il nous fait perdre notre temps », dit-il à Richard qui ne répondit pas, mais le visiteur partit rapidement. La commande de papier à en-tête ne se matérialisa jamais et Intertrust perdit le client pour de bon.

Pourquoi ?

Solution p. 275

156
LA PILULE AMINCISSANTE

Au bout de dix ans de recherche intensive, le Dr Wertheimer de la société John Hopkins mit au point une pilule amincissante qui était sûre, n'avait aucun effet secondaire et n'exigeait aucun régime particulier. Il démontra son efficacité avec un groupe-test de 40 volontaires qui prirent une pilule deux fois par jour, après le déjeuner et le dîner, pendant cinq semaines.

Quand les résultats furent enregistrés, il est apparu que la perte de poids moyenne de 5 kg survenue chez certains participants était compensée, presque précisément, par un gain de poids réparti dans le reste du groupe.

Pourquoi ?

Solution p. 275

157
BAGAGE PERDU

Alan Goide était fier de ses bagages Hartmann qu'il avait achetés chez Harrods. Il voyageait toujours avec une série complète et bien qu'il eût traversé l'Atlantique plus de vingt fois au cours des douze derniers mois, ses bagages paraissaient toujours neufs. La preuve de la qualité.

Alan venait d'arriver au Park Lane Hotel, Central Park South, après un vol en Concorde de Londres. Après une douche rapide, il entreprit d'ouvrir ses bagages et constata que sa combinaison n'ouvrait pas le verrou de sa plus grande valise. Il s'apprêtait à chercher un serrurier quand il reçut un appel téléphonique : « M. Goide, je suis heureux de vous avoir trouvé. J'étais sur le même vol de Concorde et j'ai l'une de vos valises Hartmann ; je suppose que vous avez l'une des miennes. Puis-je venir faire l'échange ? »

Alan Goide était soulagé et bientôt un chasseur lui apporta sa valise et reprit l'autre. Alan était amusé car cette mésaventure lui était déjà arrivée et devait arriver à de nombreux propriétaires d'Hartmann. Plus tard, en se relaxant au bar, il se demanda comment l'autre passager l'avait retrouvé. Probablement en contactant la compagnie d'aviation, songea-t-il, quand soudain une idée lui vint qui l'incita à appeler la police.

Qu'est-ce qui lui a traversé l'esprit ?

Solution p. 275

158
LE SIDÉRURGISTE

David Edwin, 45 ans, vit dans une tour d'habitation d'où il peut se rendre à pied à l'aciérie locale où il est employé comme contremaître.

Tous les matins à 8 heures, il descend une volée de marches et, quand il est arrivé à destination, se prépare une tasse de thé. Il lit alors le journal du matin qu'il a acheté au kiosque au coin de la rue. À la moitié du journal, ses paupières s'alourdissent et il dort huit heures d'affilée. Néanmoins, à la fin du mois, il se réjouit de la perspective d'une prime de productivité.

Comment David fait-il pour n'avoir aucun problème ?

Solution p. 275

159
L'INVENTION

Tout le monde l'appelait Ollie mais personne ne savait, ni ne s'en souciait d'ailleurs, de savoir si c'était son prénom ou son nom. Ollie était inventeur professionnel. Il suffisait de lui poser un problème pour qu'il crée un gadget.

Il fut contacté un jour pour une demande assez originale. Son client avait besoin d'un système de téléphone et de haut-parleur qui reçoive des appels, les garde en mémoire et les retransmette par le haut-parleur au bout de cinq minutes précisément, le système étant actionné par télécommande. S'il n'était pas branché, le système devait fonctionner comme un branchement téléphonique normal.

Inhabituel, mais pas très compliqué, pensa Ollie et, avec quelques puces électroniques, il conçut le système en quelques heures. Ollie considéra les 500 livres qu'il reçut en paiement comme de l'argent « facile ». Deux mois plus tard, il fut arrêté et accusé de fraude, même si par la suite il fut lavé de tout soupçon.

Pourquoi a-t-il été arrêté ?

Solution p. 275

160
TAXI RUSÉ

C'est l'histoire d'une femme nerveuse et très bavarde qui hèle un taxi à Paris. Pendant le trajet, la dame parle tellement que le chauffeur de taxi est à bout de patience. Il finit par lui dire : « Je suis désolé, madame, mais je n'entends pas un mot de ce que vous dites. Je suis sourd comme un pot et mon appareil est en panne. » La dame cesse alors de parler, mais, après être descendue du taxi, elle se rend compte que le chauffeur lui a menti.

Comment le sait-elle ?

Solution p. 275

161
LE BILLET TROUVÉ

Un directeur de banque repère un billet de 50 euros dans le caniveau, sur le chemin de son domicile. Il le ramasse, mémorise le numéro pour le jouer au loto et l'empoche avec satisfaction. En rentrant chez lui, sa femme lui dit en passant que la note du boucher est de 50 euros tout rond. Avec une grimace, il lui tend le billet avec lequel elle paie le boucher dès le lendemain. À son tour, le boucher l'utilise pour régler l'éleveur qui lui fournit la viande. L'éleveur s'en sert alors pour payer l'un de ses fournisseurs qui, lui, règle sa femme de ménage avec ce billet. La femme de ménage le porte à la banque pour rembourser son découvert.

Il se trouve qu'elle dépose le billet à la banque dirigée par l'homme qui le trouva le premier. Se rappelant du numéro, il se rend alors compte que le billet est faux.

Qu'est-ce qui a été perdu, le cas échéant, dans la chaîne des transactions, et par qui ?

Solution p. 275

162
LES SŒURS

Jeanne et Julie sont assises sur un banc dans le parc ; ce sont deux jolies filles aux cheveux bruns qui se ressemblent comme deux gouttes d'eau. Un étranger passe, les regarde et dit : « Vous devez être jumelles. » Les filles sourient et Julie explique : « Nous avons les mêmes parents et sommes nées le même jour de la même année, mais nous ne sommes pas des jumelles. »

Une explication ?

Solution p. 276

163
L'ÎLE EN FEU

Un homme se trouve sur une île longue d'un kilomètre et large d'une centaine de mètres. L'herbe et les buissons sont très secs, suite à une longue période de sécheresse. Soudain, un feu démarre à une extrémité de l'île et se propage vers l'homme dans la largeur de l'île, attisé par un vent violent soufflant dans sa direction. Il ne peut pas plonger dans la mer car elle est infestée de requins. Il n'y a pas de plage, seulement des falaises abruptes.

Que peut faire cet homme pour échapper aux flammes ?

Solution p. 276

164

ATTAQUE À MAIN ARMÉE

Peu après 11 heures un matin d'octobre, deux hommes s'apprêtaient à décharger un lot de robes dans le Garment District de Manhattan. À peine avaient-ils ouvert la porte arrière de leur camion que trois hommes s'approchèrent, dont l'un brandissait une mitraillette Uzi, les forcèrent à monter à l'arrière du camion, les menottèrent et les enfermèrent.

Aucun passant ne relata l'incident à la police et celle-ci ne disposait d'aucune information antérieure sur une attaque planifiée. Néanmoins, deux policiers de la 5e circonscription guettaient le camion à l'entrée du pont de Manhattan. Quand ils l'eurent repéré, ils le prirent en chasse jusqu'à ce que le conducteur en perde le contrôle dans Brooklyn.

Partant du principe que la police n'avait aucune raison a priori d'arrêter ou de poursuivre ce véhicule, comment expliquez-vous leur remarquable réussite dans l'arrestation des voleurs ?

Solution p. 276

165

LA PLAGE

Le décor : une plage déserte sur une île du Pacifique. Non loin de la mer, un bateau est posé à l'envers et un homme allongé à côté y est attaché par des chaînes. L'homme souffre de coupures mineures et il est vivant.

Comment est-il arrivé là ?

Solution p. 276

166
DE QUOI S'AGIT-IL ?

Pour un, combien ça coûte ? demande un client dans une quincaillerie.
– Vingt centimes, répond le vendeur.
– Et pour 12 ?
– Quarante centimes.
– Et 112 ?
– Ce sera soixante centimes.
– Très bien, je prends.

Que vient d'acheter le client ?

Solution p. 276

167
LES CAMBRIOLEURS

John vit avec ses parents dans un grand appartement dans le nord de Londres. Un après-midi, alors que ses parents sont sortis, John regarde la télévision en compagnie de Sophie, la fille des voisins. Au bout d'un moment, Sophie sort pour acheter des cigarettes. Soudain deux hommes font irruption dans la pièce et, ignorant totalement John, s'emparent du poste de télévision, d'un magnétoscope et d'un ordinateur et repartent.

John n'avait jamais vu les deux hommes auparavant et il n'y a aucun motif légal à la confiscation de ce matériel, mais il reste toutefois assis sur le canapé pendant toute la scène sans faire un geste.

Quelle explication voyez-vous ?

Solution p. 276

168

LES DOIGTS EN V

Cette énigme est difficile et exigera des questions intelligentes.

Dans la France médiévale, quand des forces ennemies se rencontraient sur le champ de bataille, la coutume voulait que les guerriers lèvent le bras droit dans un geste de défi et forment un V avec l'index et le majeur. Ce signe n'était pas injurieux et n'était pas non plus le signe de la Victoire popularisé par Winston Churchill pendant la Seconde Guerre mondiale.

Que signifiait-il donc ?

Solution p. 277

169
LES CREVAISONS

Un train est parti de Paris pour la Côte d'Azur en même temps qu'une Mercedes 200SL. Le conducteur de la Mercedes ignorait que les deux pneus avant avaient une crevaison lente et quand la voiture arriva à Lyon, les pneus étaient complètement à plat. Bien que le conducteur n'ait ni changé ni fait réparer les pneus, la Mercedes atteignit la Côte d'Azur à la même heure que le train.

Expliquez.

Solution p. 277

170
LES PARACHUTES

Un homme détourne un avion de ligne sur un vol de New York à San Francisco. Il ordonne au pilote, sous la menace d'une arme, de prendre la direction de Chicago. Il utilise la radio de l'appareil pour transmettre ses exigences aux autorités de Chicago : il abandonnerait l'avion et relâcherait tous les passagers sauf un, contre 1 million de dollars en petites coupures usagées et deux parachutes. Quand l'avion atterrit, il récupère l'argent et les parachutes, mais contrairement à toute attente, il relâche tous les passagers. Puis il ordonne au pilote de redécoller en direction de l'Amérique du Sud.

Au-dessus d'une région peu peuplée du Brésil, il attache son parachute et saute de l'avion avec le sac contenant l'argent. Le second parachute n'a pas été utilisé et l'homme n'a jamais été retrouvé.

Pourquoi avoir demandé deux parachutes pour n'en utiliser qu'un ?

Solution p. 277

171
LE VERGER

Fabien avait un faible pour les fruits frais et il soignait donc son propre petit verger où il pouvait cueillir ses fruits directement sur les arbres. Cerises, pommes, abricots… il avait de tout.

Un après-midi, il eut envie de quelques cerises. Alors qu'il les cueillait, il tomba et, bien qu'il n'eût pas grimpé dans l'arbre, Fabien mourut presque instantanément de fractures multiples.

Expliquez cette mort étonnante.

Solution p. 277

172

À QUI LE TOUR DE CONDUIRE ?

Peter et Paul, deux frères, ont une discussion animée.
– J'en ai assez de vivre à Manchester, c'est toujours moi qui conduis. Si nous nous installions à Londres ? demande Peter.
– Tu es un égoïste, réplique Paul. Si nous nous installions à Londres, c'est moi qui devrais conduire tout le temps.
– Bien, dit Paul, pour que ce soit équitable, passons six mois par an à Londres et six mois à Manchester.

Comprenez-vous cette étrange dispute ?

Solution p. 277

173

PROBLÈME D'ÂGE

Avant-hier Fabien avait 17 ans. L'année prochaine, il aura 20 ans.

Comment l'expliquer ?

Solution p. 277

174

FLAQUES D'EAU

Un phénomène étrange mais de courte durée a laissé perplexes les employés des pubs et clubs de Camden, Londres Nord. Des flaques d'eau ont apparu sous les distributeurs de cigarettes.

Que pensez-vous qu'il s'était passé ?

Solution p. 277

175

LE CIMETIÈRE

Dans la période de l'immédiat après-guerre, Vienne – capitale de l'Autriche – manquait d'espace pour créer de nouveaux cimetières. Les bombardements des Alliés et l'avance de l'Armée rouge avaient augmenté les besoins et l'administration locale mise en place par les puissances occupantes essayait de trouver une solution. Plusieurs options furent examinées. Une loi visant à rendre la crémation obligatoire fut rejetée par vote. L'idée de remplacer les tombes datées de plus de cent ans souleva une tempête d'indignation chez les descendants et les autorités ecclésiastiques.

Finalement, quelqu'un eut une idée de génie. Trouverez-vous laquelle ?

Solution p. 277

176
PRÉSIDENTS DES ÉTATS-UNIS

Les 22e et 24e présidents des États-Unis avaient les mêmes parents mais n'étaient pas frères.

Comment est-ce possible ?

Solution p. 278

177
LES GOLFEURS

Sidney et Stanley étaient des golfeurs professionnels et des rivaux assidus. Ils jouaient une partie et chacun avait marqué 30 points. Stanley joua mal son coup suivant, à la suite de quoi Sidney ajouta immédiatement 10 points à son propre score et gagna la partie.

Expliquez.

Solution p. 278

178
NOUVELLES DEVISES

L'une des anciennes républiques de l'ex-Union soviétique avait besoin de nouveaux billets de banque, à valeur faciale élevée pour répondre à l'inflation. Sa banque centrale récemment créée contacta une société britannique spécialisée dans l'impression des billets de banque pour les gouvernements étrangers. Après quelques marchandages sur le tarif, l'imprimeur londonien reçut par courrier recommandé le bon de commande et un dessin d'artiste pour les billets.

L'imprimerie, dotée d'une technologie photographique sophistiquée, confectionna deux jeux de matrices et imprima un million de billets de banque dans les conditions rigoureuses de sécurité qui lui étaient coutumières. Quand le tirage fut terminé, elle expédia un jeu de matrices, les billets et une facture à son client.

Quelques jours plus tard, l'imprimeur de Londres reçut un fax furieux du client, refusant de payer et menaçant d'un procès car les billets de banque reçus étaient complètement inutilisables. Ces billets étaient pourtant la réplique exacte du dessin de l'artiste et le papier répondait au cahier des charges.

Qu'est-ce qui n'allait pas ?

Après avoir réfléchi quelques minutes sur le fax, l'imprimeur qui était membre de Mensa avec un QI de 161 envoya un fax de réponse. Puis il rendit visite à l'ambassadeur du pays, qui commença par s'excuser puis le remercia avec effusion. Il remit ensuite à l'imprimeur une traite bancaire du montant total de la facture augmenté d'une prime de 50 %.

Comment expliquer ce revirement extraordinaire ?

Solution p. 278

179
LE TÉLÉPHONE PORTABLE

Wolfgang Reinisch revenait à Londres après un tournoi de bridge à Las Vegas. Comme d'habitude, il voyageait en première classe.

Au moment où l'avion atterrissait à Heathrow, Wolfgang constata que son téléphone portable, un modèle onéreux, avait disparu ; un autre passager avait dû le prendre pendant son sommeil. L'avion roulait maintenant et allait arriver au débarquement dans quelques minutes ; une fois que les passagers seraient dispersés, il n'aurait plus d'espoir de récupérer son téléphone. Par chance, Wolfgang avait pour voisin Hercule Poirot, le célèbre détective belge. Poirot le fixa un court instant et fit une suggestion qui permit de retrouver le téléphone en quelques minutes.

Que suggéra Poirot ?

Solution p. 278

180
DÉLIT DE FUITE

Tard le soir, en hiver, Frank Rosetti fut pris pour excès de vitesse sur l'A7, dans sa BMW. Après avoir vérifié son permis de conduire et son assurance, on lui demanda de se soumettre au test d'alcoolémie, ce qu'il accepta volontiers. Le test se révéla totalement négatif. En fait, le taux d'alcool dans le sang était pratiquement nul et on le laissa donc partir moyennant une caution.

Un peu plus loin sur l'A7, la même BMW fut impliquée dans un accident avec délit de fuite. La victime nota le numéro d'immatriculation et Frank fut arrêté le lendemain matin. Il nia avoir conduit la BMW et affirma avoir déclaré le vol de la voiture vers 22 heures. Cela ne constituait pas une preuve formelle car l'accident avait eu lieu à 20 h 30 et le gendarme qui avait arrêté Rosetti pour excès de vitesse à 20 h 10 précises l'identifia formellement.

Au tribunal, l'avocat de Frank plaida que l'identification ne pouvait être considérée comme totalement fiable puisque le gendarme n'avait vu le conducteur que dans l'obscurité. Pour conclure en faveur de la défense, il produisit trois témoins qui certifièrent que Frank Rosetti, goûteur pour la société Elite Wines, avait goûté des vins tout l'après-midi ; or le test d'alcoolémie prouvait que l'accusé ne pouvait être le conducteur.

La défense a-t-elle gagné ?

Solution p. 278

181
PERDU

Bobby, huit ans et manifestement perdu, descendait Baker Street en courant et cherchait nerveusement John à droite et à gauche. Les passants le regardaient avec compassion mais personne n'offrit de l'aider. Soudain, il s'arrêta net en entendant un bruit familier que personne d'autre dans la rue ne semblait avoir entendu. Il fit demi-tour immédiatement et courut avec excitation dans la direction d'où il venait à l'origine. Il retrouva bientôt John.

Expliquez.

Solution p. 278

182
LE COLLIER DE PERLES

Caroline était la dame de compagnie de Margaret Stenton, la riche veuve d'un magnat des médias.

Un jour, alors qu'elle faisait du lèche-vitrines sur la 5e Avenue, Mme Stenton tomba en arrêt devant un superbe collier de perles chez Harry Winston. Elle décida qu'il le lui fallait. Elle demanda à Winston, un vieil ami de la famille, de lui apporter le collier. Les perles étaient d'une délicieuse teinte rosée et Caroline pensa que c'était le plus beau bijou qu'elle ait jamais vu. Harry Winston assura Margaret qu'il ne s'agissait pas de perles de culture, mais de ces perles pour lesquelles les pêcheurs de perles du golfe du Bengale risquent leur vie en plongée.

Un week-end où Margaret Stenton était partie à la campagne, Caroline fut invitée à un bal par son fiancé. Elle emprunta une robe de Margaret, avec sa permission, et prit aussi le collier de perles dans le coffre-fort, sans sa permission.

Dans le parking souterrain de l'hôtel où avait lieu le bal, Caroline fut agressée et se fit voler le collier et son sac à main. Elle était anéantie. Son premier réflexe fut d'appeler la police et d'avouer à Mme Stenton qu'elle avait sorti le collier de perles du coffre-fort, sans autorisation. Elle changea rapidement d'avis. Le collier n'était pas assuré, et la police et Mme Stenton auraient pu la soupçonner d'avoir organisé elle-même l'agression avec un complice. Caroline nageait maintenant en pleine panique.

Elle contacta immédiatement Harry Winston et lui demanda s'il pouvait lui fournir un collier de remplacement, identique à l'original. Il confirma qu'il pouvait mais que cela coûterait une petite fortune. Caroline retira toutes ses économies de son compte et emprunta la somme manquante à son fiancé et à des amis. Elle récupéra le collier et le remit promptement dans le coffre-fort.

Ce malheureux épisode ruina complètement la vie de Caroline. Malgré ses efforts d'économie, elle fut incapable de rembourser son emprunt dans les délais. Ses amis s'éloignèrent et son fiancé la quitta.

Quelques années plus tard, Mme Stenton fut invitée à une réception et proposa à Caroline de l'accompagner. Elle prononça alors une phrase qui fit blêmir et s'effondrer en larmes son employée.

Que dit-elle ?

Solution p. 278

183
L'IDIOT DU VILLAGE

Dans un petit village touristique, les visiteurs étaient souvent amusés par l'idiot du village. Quand on lui donnait le choix entre une pièce de 50 centimes neuve et étincelante et un billet de 5 euros tout froissé, il prenait toujours avec plaisir la pièce.

Le billet valait dix fois plus, alors pourquoi ne le choisissait-il jamais ?

Solution p. 279

—184—
FORTES PRÉSOMPTIONS

Fred et Rona Miller semblaient un couple uni. Il était directeur de la poste locale et Rona était assistante dans un jardin d'enfants.

Un matin, Rona disparut sans avertissement. Les renseignements pris auprès de son mari ne fournirent aucune explication ; il ne semblait pas savoir où était sa femme. Les jours passèrent et la mystérieuse disparition de Rona commença à faire jaser.

Une semaine plus tard, Fred montra à un voisin curieux une lettre venant soi-disant de Rona. En un mot, elle demandait pardon à Fred mais expliquait qu'elle avait décidé de refaire sa vie ailleurs, avant qu'il ne soit trop tard.

La police ne fut pas longue à s'intéresser à l'affaire. Après examen et comparaison avec des exemples de l'écriture de Rona, un expert décréta que la lettre était un faux. Une inspection de la voiture de Fred révéla des traces de sang d'un groupe sanguin différent du sien. L'indice le plus troublant fut fourni par la penderie de Rona : elle avait laissé la plupart de ses vêtements et bijoux.

Fred fut traduit en justice et, malgré l'absence de cadavre, les présomptions étaient écrasantes. En dépit de ses protestations d'innocence, il fut condamné à 15 ans de prison.

Un an plus tard, une nouvelle preuve apparut en faveur de Fred, tellement irréfutable qu'il fut immédiatement relâché, puis arrêté de nouveau et accusé de complicité d'escroquerie.

Comment expliquer ce coup de théâtre ?

Solution p. 279

185
LA BOÎTE NOIRE

Un homme fait le tour d'un appartement. Dans chaque pièce, il pose un objet en métal sur le sol et devant les murs.

Mais que fait-il ?

Solution p. 279

186
LE PILOTE

Ara Oztemel était commandant de bord sur un 747 de Delta Airlines. Il décolla un matin comme prévu à

7 h 45, malgré un bulletin météo défavorable. L'usage international veut qu'en cas de conditions météorologiques douteuses, le commandant s'en remette à son propre jugement.

Bien sûr, le temps se détériora subitement et l'avion s'écrasa au bout de 30 minutes. Heureusement, personne ne fut gravement blessé et la compagnie n'intenta aucune action contre Ara, bien que l'avion ait subi d'importants dommages.

Comment expliquez-vous cette indulgence ?

Solution p. 279

187
LES EXPLORATEURS

Deux chercheurs de terrain ont été envoyés explorer un gisement minéral sur un site éloigné de leur base. Au moment où ils s'apprêtent à ramasser des échantillons, ils sont attaqués par des animaux dangereux. Ils cessent immédiatement leur collecte pour retourner se mettre en sécurité dans leur base. L'un des explorateurs se retire très lentement en surveillant attentivement les animaux. L'autre panique et s'enfuit à toute allure. Si ce dernier s'échappe sans être attaqué, il décède néanmoins dès qu'il atteint la base, alors que son collègue survit.

Une explication ?

Solution p. 279

188

LE TUEUR EN SÉRIE

Andrew Scott, le tueur en série, fut enfin appréhendé par l'agent fédéral Connolly près de Reno, sur les contreforts de la Sierra Nevada.

Connolly reçut l'ordre de le ramener en avion jusqu'à San Francisco pour qu'il soit traduit en justice. Le seul avion disponible était un monoplan d'entraînement Lockheed, juste assez grand pour accueillir le pilote et le tueur menotté à Connolly.

Une demi-heure après le décollage, l'avion s'écrasa dans une tempête de neige au-dessus des montagnes. Le pilote mourut sur le coup mais les passagers survécurent, avec des blessures aux jambes. L'accident avait dispersé leurs effets personnels, dont une partie de leurs vêtements, sur une large zone.

Quand l'équipe de secours arriva, elle leur demanda de lui donner l'arme et la clé des menottes. Scott contesta et affirma qu'il était l'agent de la force publique et que Connolly était un dangereux criminel, et par conséquent que l'arme et la clé des menottes devaient lui revenir.

Les sauveteurs retrouvèrent les objets mais devaient décider qui croire. Les papiers d'identité étaient introuvables et il était impossible de transporter les deux hommes menottés l'un à l'autre. Le contact radio était perdu et il n'y avait apparemment aucune façon d'établir leurs identités respectives. Finalement, Connolly murmura quelques mots à l'oreille du chef de l'équipe qui réglèrent la question.

Comment ?

Solution p. 279

189
JOUR J

Juste avant le débarquement en Normandie, les sex-shops britanniques ont fait des affaires en or et cette aubaine inattendue n'avait rien à voir avec la libido des Forces alliées.

Quelle était la raison de cette augmentation de chiffre d'affaires ?

Solution p. 280

190
LE TÉLÉPHONE SONNE

Huit hommes étaient assis autour de la table de la salle du conseil et un homme, armé d'une mitraillette, était posté près de la porte. Tous étaient silencieux et l'ambiance de plus en plus tendue. Soudain, le téléphone sonna. À l'instant même, l'un des hommes se leva d'un bond et sauta par l'une des fenêtres.

Comment expliquez-vous ce geste ?

Solution p. 280

191
L'EXCURSION

L'association amicale de Southville avait économisé pendant des années pour financer une excursion à la foire de Northville, à environ une demi-heure de trajet. Par un beau dimanche matin, au moment du départ, tout le monde était de très bonne humeur à la perspective d'une agréable journée. Dix minutes plus tard, M. et Mme Jones, éminents membres de l'association, firent demi-tour et se dirigèrent vers Southville. Pourtant, vingt minutes plus tard, le couple arriva à destination avec les autres membres du club. Ils n'avaient pas utilisé de moyen de transport plus rapide pour rattraper leurs amis.

Comment avaient-ils fait ?

Solution p. 280

192
LIEU DE TRAVAIL

Alain Sellac a passé cinq jours et cinq nuits sur son lieu de travail, alors qu'il n'a rien à y faire, que son employeur ne le lui a pas demandé et qu'il a une vie de famille parfaitement heureuse. De plus, il n'a rien mangé ni bu au cours des deux derniers jours, alors qu'il y a de la nourriture et de l'eau à quelques mètres de lui. Des restaurants sont également si proches qu'il les voit de son siège.

Il y a trois jours, sa femme lui a téléphoné pour lui annoncer qu'il avait gagné à la loterie et, bien qu'ils aient un besoin urgent d'argent, Alain n'a rien fait pour réclamer son dû. La veille, son fils unique a reçu un prix à l'école, mais Alain n'était pas présent.

Alain n'est pas malade et ne souffre pas d'agoraphobie, ni d'aucun autre handicap physique. Il peut se déplacer librement, n'est pas fou ni en grève de la faim. Il ne prend part à aucune expérimentation et n'essaie pas de gagner un pari ou d'inscrire son nom dans le *Livre Guinness des Records*. Il est absolument seul et, dernier détail, il a un travail de bureau.

Que se passe-t-il ?

Solution p. 280

193
AUBE OU CRÉPUSCULE ?

Norman Bronstein, amateur de sports extrêmes en solitaire, essayait toutes les disciplines présentant un défi physique d'endurance et de danger. Dans le cas présent, il partit seul de Manaus par un matin d'hiver pour descendre l'Amazone en rafting. Tout démarra bien, mais, au début de l'après-midi, son radeau entra dans des rapides et heurta un rocher. Norman fut jeté sur la rive. Son radeau et tous ses effets personnels, dont sa montre, furent perdus. Il resta là pendant des jours, inconscient et blessé à la tête. Quand il reprit enfin conscience, il se trouva dans la pénombre. Bien que faible et étourdi, Norman comprit que c'était le crépuscule et qu'il devrait attendre encore une nuit avant d'être secouru.

Comment sut-il immédiatement que c'était le crépuscule et non pas l'aube ?

Solution p. 280

194
LA BRIQUE

Encore une histoire vraie.

La police a trouvé un jeune homme allongé dans la rue, inconscient, une brique à côté de lui. Personne n'avait jeté la brique contre lui et elle n'était pas tombée du ciel. En fait, elle appartenait au jeune homme.

Que s'était-il passé ?

Solution p. 280

195

LE COUREUR À PIED

La foule du stade, debout, criait et applaudissait. C'était la fin du 10 000 mètres du Championnat du monde d'athlétisme. Jonathan Cansino était en tête et semblait certain de gagner la médaille. Il était à trois mètres du but quand le coureur du Nigeria le dépassa et coupa la ligne. Jonathan le regarda passer avec une expression d'horreur qui se transforma rapidement en jubilation et il leva les bras en signe de victoire.

Pourquoi ?

Solution p. 281

196
HEUREUSE ET TRISTES

Trois femmes sont debout, en maillot de bain. Deux femmes sont tristes et sourient. La troisième est heureuse et elle pleure.

Pourquoi ?

Solution p. 281

197
L'HÉLICOPTÈRE

Encore une histoire vraie. Il y avait un service d'hélicoptère fourni par la Pan American World Airways, reliant Manhattan Midtown sur l'East River à Kennedy Airport, et retour.

Un soir où il pleuvait violemment, j'enregistrais mes bagages pour me rendre à JFK. Les bagagistes chargeaient les valises pendant que les voyageurs attendaient à l'abri jusqu'à l'annonce du départ. Le moteur de l'hélicoptère venait d'être mis en marche quand je remarquai que l'une de mes valises n'avait pas été embarquée. Je la saisis et me précipitai sous la pluie pour la donner aux bagagistes avant qu'ils ne referment la trappe. Deux des employés de la compagnie se ruèrent sur moi et me plaquèrent au sol juste avant que je n'atteigne l'hélicoptère.
Au lieu de s'excuser, ils m'ordonnèrent avec rudesse de retourner à la salle d'attente.

Expliquez ce comportement.

Solution p. 281

198
GROSSES LARMES

Une autre histoire vraie.

Une mère annonce à sa petite fille que son chien adoré est mort, écrasé par une voiture. La petite fille, submergée par le chagrin, éclate en larmes. Un peu plus tard, sa mère la rassure et lui dit que le chien est vivant et que, eh bien, c'était une erreur.

Pourquoi cette mauvaise plaisanterie ?

Solution p. 281

199
LES CLÉS

Andrew Taylor, un auteur de thrillers et de romans policiers à succès, quitte son domicile de Cambridge à 8 heures pour rencontrer, à Londres, Raymond Bernstein, son éditeur, qui n'est pas satisfait de la fin de son dernier livre.

Andrew a décidé d'aller ensuite à Bristol voir son ex-femme, avec qui il est resté en excellents termes, et ses deux enfants. Il prévoit aussi de prendre deux ou trois jours de détente.

Sa réunion avec Raymond se passe très bien et ils se mettent d'accord sur la modification de la fin du livre, qui l'améliorera nettement. Après son passage à Bristol, Andrew retourne à Cambridge, en pleine forme, pour corriger son manuscrit.

Dans le train pour Bristol, Andrew s'aperçoit soudain qu'il n'a pas les clés de son appartement. Il appelle Raymond dès son arrivée et lui demande s'il a laissé ses clés dans son bureau. « Pas de problème ! Elles étaient sur mon bureau et je vous les ai déjà renvoyées par courrier. »

Andrew explose. « Espèce d'idiot, comment avez-vous pu faire quelque chose d'aussi stupide ? » Raymond est très blessé par cet éclat et ne comprend pas pourquoi Andrew est tellement en rogne.

Et vous, comprenez-vous pourquoi ?

Solution p. 281

200
LA SCIERIE

Boris Kerenski est contremaître dans la plus grande scierie de Novgorod, centre industriel au nord de l'Union soviétique.

Un soir, à la fin du poste de jour, Ivan voit son ami Boris quitter la scierie en poussant une brouette pleine de copeaux de bois. Ivan est le gardien posté à la grille de la scierie et il est chargé de vérifier que rien ne sort clandestinement pour être vendu au marché noir. Les petits outils sont particulièrement recherchés et atteignent des prix élevés. Ivan examine consciencieusement le chargement de copeaux mais ne trouve rien et laisse passer Boris.

Le lendemain, la scène se reproduit et Ivan ne trouve toujours rien. Au bout de quelques jours et quelques brouettes de copeaux, Ivan cède à sa curiosité : « Allons, Boris, ne me dis pas que tu fais ça uniquement pour aider à vider les détritus ; il doit y avoir une raison à ta folie. » Boris hésite mais finit par se confier à Ivan, non sans lui avoir fait jurer de garder le secret.

Que faisait Boris ?

Solution p. 281

201
DANGER AÉRIEN

Suite à la disparition soudaine d'un passager, deux hôtesses de l'air perturbées par l'incident commencent à se quereller. Bientôt, l'une des deux, complètement bouleversée, perd tout contrôle d'elle-même. Elle court jusqu'à la porte de l'avion, l'ouvre et saute. Elle n'avait pas de parachute (ils ne sont pas fournis sur les vols civils) mais survécut quand même, avec seulement une cheville foulée.

A-t-elle eu une chance si incroyable ?

Solution p. 281

202

LE CRIME

Dans certains États des États-Unis, un type de crime est punissable et ceux qui tentent de le commettre sont généralement traduits en justice. Cependant, ceux qui réussissent à perpétrer ce crime ne sont jamais poursuivis.

Quel est ce crime ?

Solution p. 281

203

L'HÉRITIÈRE

L'héritière de la fortune des dentifrices Stanhope fut trouvée morte, un matin, par son mari. Elle était pendue à un lustre de la salle de bains principale de leur opulente maison de ville. Sa mort avait laissé la police complètement perplexe.

La théorie initiale du suicide fut écartée car il ne semblait pas techniquement possible qu'elle se soit pendue elle-même. En effet, il n'y avait pas de meuble directement en dessous ou à côté du corps, rien qui semble avoir été repoussé du pied ; les toilettes étaient à cinq mètres, dans un coin ; la baignoire et le Jacuzzi étaient encastrés dans le sol. En résumé, la police ne trouva rien sur quoi la défunte aurait pu monter.

Le meurtre était une option, car elle avait des ennemis, mais il n'y avait pas de signe d'effraction de la porte et elle ne recevait jamais de visiteurs. De plus, son mari, l'unique autre résident, affirma qu'il avait passé la nuit chez ses parents et qu'à son retour il avait trouvé la porte de la salle de bains fermée de l'intérieur et qu'il avait dû la forcer.

L'inspecteur Plod soupçonnait le mari mais n'avait aucune preuve. L'enquête aboutit à un constat d'impossibilité de déterminer les circonstances du décès, ce qui permit au mari de récupérer les millions de l'assurance-vie de sa femme.

Plod resta obsédé par cette affaire jusqu'au jour de sa mort, convaincu que le mari avait soit quelque chose à voir dans le décès de sa femme, soit caché la preuve du suicide avant l'arrivée de la police et, par conséquent, escroqué la compagnie d'assurance.

Si l'on suppose qu'il s'agissait d'un suicide, comment avait-elle procédé ?

Solution p. 281

204
LE JUGEMENT

L'homme qui se tient devant le juge est accusé d'avoir tué un hibou moyen-duc, une espèce protégée. L'homme plaide coupable avec circonstances atténuantes et s'explique. Parti camper avec sa famille dans une région isolée, le campement fut complètement détruit par un feu pendant qu'ils se baignaient dans un lac des environs. Ils n'avaient plus d'abri ni de provisions. Au bout de deux jours, affamés, ils rencontrèrent cet oiseau et l'homme arriva à le tuer avec une pierre. Il admet l'avoir fait cuire et mangé, mais c'était une question de survie.

Le juge, après avoir entendu l'histoire, décide de laisser partir l'homme. Alors qu'il s'apprête à quitter le tribunal, le juge l'interpelle : « Par simple curiosité, quel goût a le hibou moyen-duc ? » L'homme réfléchit un instant et répond à la question du juge.

Le juge le rappelle alors. « À la réflexion, je reviens sur ma décision. Vous paierez une amende de 2 000 dollars et considérez-vous heureux que je ne vous envoie pas en prison. »

Qu'a dit l'homme pour que le juge revienne sur son premier jugement ?

Solution p. 282

205
LE MAQUIS

Pendant la Seconde Guerre mondiale, le Maquis s'organisa peu de temps après la chute de Paris. Les maquisards étaient activement soutenus par le gouvernement français en exil et les services secrets britanniques. La Gestapo essayait d'infiltrer l'organisation, mais les enquêtes de sécurité des cellules clandestines étaient très rigoureuses et efficaces. À plusieurs reprises, des agents infiltrés furent découverts et exécutés.

Les cellules se rencontraient souvent dans des maisons sûres pour organiser des opérations subversives. Au cours de l'une de ces réunions, le programme était différent. Un membre éminent de la cellule, Jean-Claude – nom de code « Le Loup » – faisait l'objet d'un interrogatoire serré car il était accusé de collaboration avec l'ennemi. Pour finir, une photo de lui pénétrant dans le quartier général de la Gestapo fut présentée à l'assemblée.

Le Loup s'effondra et ne fournit aucune explication. René, le chef de la cellule, tendit un pistolet à Georges, une toute nouvelle recrue, et lui ordonna d'abattre le traître. Georges, qui n'avait jamais tué un homme, n'hésita qu'une fraction de seconde et, comme un fervent patriote, obéit à l'ordre. René savait pourtant que Jean-Claude était un partisan loyal et totalement innocent.

Pourquoi donna-t-il donc cet ordre ?

Solution p. 282

206
L'OPÉRATION

Un homme est à l'hôpital avec un soupçon de tumeur maligne sur le rein gauche. Plusieurs tests ont été pratiqués, toujours négatifs. L'homme insiste néanmoins pour que l'on retire ce rein.

Pourquoi ?

Solution p. 282

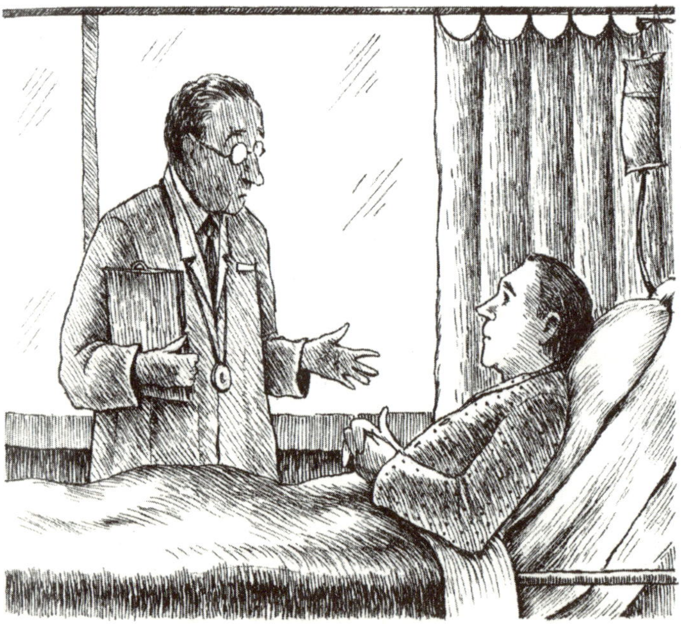

207
LE CONTRAT

Stephen était sur le point de partir pour l'étranger, mais il voulait remettre personnellement des documents importants à Dave, son associé. Quand il lui téléphona, Stephen dut laisser un message sur son répondeur, mais sachant que Dave avait l'habitude de relever les messages à intervalles réguliers, il lui dit : « Dave, c'est important ! J'ai le contrat de la Duplex Corporation qui doit être signé cet après-midi. S'il te plaît, rejoins-moi sans faute dans 40 minutes exactement à l'angle de la 5e Avenue et de la 55e Rue. Je ne pourrai rester que cinq minutes, mais cela suffira pour te donner les papiers et des instructions orales très confidentielles. Merci. » La limousine arriva alors pour emmener Stephen à JFK.

La voiture arriva au lieu du rendez-vous avec trois minutes d'avance. Stephen fit attendre le chauffeur, persuadé que Dave allait arriver. Au bout de dix minutes, ne voyant toujours pas Dave, Stephen dut continuer sa route vers l'aéroport, même si une transaction importante était compromise.

Pourquoi Dave, qui, soit dit en passant, avait entendu le message à temps et n'avait pas eu d'empêchement physique, n'était-il pas au rendez-vous ?

Solution p. 282

208
MANQUE DE PRUDENCE ?

Un homme regarde par la fenêtre d'un appartement au 10e étage. Soudain, il ouvre la fenêtre et saute. Il n'y a pas de balcon et il est sûr de tomber au sol. Pourtant l'homme se reçoit sans se blesser. Il n'a pas utilisé de parachute et n'est pas arrivé dans de l'eau ni sur une surface molle qui aurait amorti sa chute.

Comment cela s'explique-t-il ?

Solution p. 282

209
CUILLÈRE OU PAILLE

J'étais très flatté d'être invité au dîner de gala du lord-maire au Savoy. Je ne suis en effet qu'un humble photographe et je soupçonne que les photos et les articles que je réalise pour le *Sunday News* ont quelque chose à voir dans cette invitation.

Je dus louer une queue-de-pie chez Moss pour l'occasion, et comme les manches et le pantalon étaient trop longs, j'avais l'impression d'aller à une soirée déguisée. La nourriture était moyenne et il n'y avait rien d'intéressant à relater, à l'exception d'un incident qui me laissa perplexe jusqu'à ce que le maître d'hôtel me donne l'explication.

À la table voisine, Lady Jane Smith-Corona bavardait avec son mari, Sir Archibald, quand le potage fut servi. Lady Jane dégusta une cuillerée et s'arrêta. Elle remua le potage avec sa cuillère, avec un air morose, puis murmura quelques mots à l'oreille de son mari. Sir Archibald examina le potage et appela le maître d'hôtel. Après une conversation à voix basse, le maître d'hôtel apporta une paille avec laquelle Lady Jane but son potage alors que les autres invités continuaient à utiliser un ustensile plus traditionnel, une cuillère.

Comment expliquer ces étranges manières ?

Solution p. 282

210
L'ASSASSIN

Quand Tessino, le conseiller de la famille Vito Bracci, fut trouvé mort dans sa voiture, criblé de balles, personne ne s'étonna. Il était de notoriété publique que Tessino avait détourné les profits du casino Ritz quand il avait dirigé temporairement l'une des affaires les plus rentables de l'empire Bracci. Il était également sûr que Bracci, ou l'un de ses hommes de main, avait fait le coup. Mais suspecter et prouver sont deux choses différentes.

Les détails du crime étaient assez insolites. Tessino fut tué par trois balles, dont l'une toucha sa montre luxueuse, ce qui permit d'établir l'heure du crime avec précision : 19 h 34. À cette heure, l'endroit où se trouvait la limousine de Tessino était bondé, pourtant personne ne semblait avoir entendu les coups de feu ou remarqué le meurtre.

Voyez-vous une explication ?

Solution p. 282

211
LA SOIRÉE D'ANNIVERSAIRE

Les trois années de mariage de Julie et Sébastien avaient été tumultueuses. Les périodes de bonheur avaient été cruellement entrecoupées de disputes violentes, dont Julie n'arrivait pas à se rappeler les raisons. Une fois Sébastien l'avait même frappée, mais s'était immédiatement excusé et lui avait demandé son pardon. C'était manifestement une relation d'amour-haine, mais hélas les périodes de haine étaient de plus en plus fréquentes.

Quand Sébastien commença à jeter les objets, Julie se confia à sa sœur jumelle, Catherine. Celle-ci promit de parler à Sébastien et de lui faire comprendre que son comportement excessif mettait son mariage en péril. Cela sembla produire l'effet désiré : Sébastien devint un autre homme.

La veille de son 25e anniversaire, Julie rentra chez elle à l'improviste et trouva Sébastien devant son bureau, en train d'écrire. Son air embarrassé éveilla les soupçons de Julie. Elle revint plus tard et constata que l'un des tiroirs du bureau était fermé à clé. Julie trouva facilement une clé qui fonctionne. Sous quelques papiers, elle découvrit un écrin contenant un bracelet somptueux et un mot manuscrit : « Ma chérie, pour ton 25e anniversaire, accepte ce gage de mon affection et mon amour éternels, Sébastien. »

À cet instant Julie, submergée par le bonheur, était prête à tout pardonner à Sébastien. Elle remit l'écrin où elle l'avait trouvé pour ne pas gâcher la surprise.

Le lendemain, quand tous les invités furent arrivés pour la fête, Catherine l'aida à ouvrir les cadeaux. Quand Julie arriva à celui de Sébastien, elle parut d'abord surprise, puis éclata en larmes et quitta la pièce.

Pourquoi ?

Solution p. 282

212
LE PONT

Ashdown et Beechden sont deux villages reliés par un pont au-dessus d'une rivière. À la fin de la guerre, les forces d'occupation installèrent un poste de sentinelle pour empêcher les habitants de se rendre d'un village à l'autre. Tous les véhicules avaient été réquisitionnés et l'on ne pouvait traverser le pont qu'à pied, ce qui prenait dix minutes. La sentinelle avait pour consigne stricte de sortir de sa guérite toutes les cinq minutes et de renvoyer

vers son village quiconque essaierait de passer, par la force au besoin.
Michael, qui vivait à Ashdown, était prêt à tout pour rendre visite à sa petite amie à Beechden.

Comment y parvint-il ?

Solution p. 282

213
L'HÉRITIER

Le roi meurt et deux hommes, l'héritier légitime et un imposteur, affirment être son fils disparu depuis de longues années. Tous deux correspondent au profil de l'héritier : à peu près l'âge, la taille, la couleur de cheveux et l'aspect général. Pour finir, l'un des anciens propose un test pour identifier le véritable héritier. L'un des deux accepte et l'autre refuse catégoriquement. Celui qui a accepté est immédiatement renvoyé et celui qui a refusé est identifié comme l'héritier légitime.

Pourquoi ?

Solution p. 283

214
PROBLÈME DE COMMUNICATION

Un homme dîne avec ses deux filles au restaurant. Il parle à chacune et chacune lui répond, mais les deux filles ne parlent pas entre elles. Elles ne se sont pas disputées auparavant et ne se détestent pas, mais ne s'adressent jamais la parole.

Pour quelle raison ?

Solution p. 283

215
LE BILLET DE CENT DOLLARS

Steve est embarqué par la police au drugstore alors qu'il s'apprête à payer son achat avec un billet de cent dollars. On trouve 3 000 dollars sur lui, en coupures de 100 dollars. Son inculpation est liée aux billets de banque, et à aucun autre crime ou forfait.

Les compilationses billets trouvés n'étaient pas des contrefaçons, ils n'avaient pas été volés ou obtenus de façon illégale. Steve a pourtant été condamné à deux ans de prison avec sursis.

Pourquoi ?

Solution p. 283

216

COPYRIGHT

Ce terme est généralement utilisé pour décrire la base légale de protection des auteurs de littérature et autres œuvres artistiques contre les reproductions non autorisées de leur production.

Les compilations telles que les dictionnaires, les tables mathématiques et autres ont une position particulière. La protection ne s'applique évidemment pas pour la forme littéraire, mais pour le travail et l'expertise déployés par l'auteur.

D'après la loi, il incombe au détenteur du copyright de prouver que son travail a été copié.

Si vous étiez l'auteur d'un dictionnaire ou de tables mathématiques originales, comment pourriez-vous vous protéger contre un plagiaire ?

Solution p. 283

217
LA CLAQUE

Dans la Vienne de l'avant-guerre, les directeurs de théâtres engageaient couramment les services de jeunes gens, principalement des étudiants, pour assister aux spectacles et attester de leur qualité par des applaudissements frénétiques et autres gesticulations. À Paris, ces spectateurs étaient appelés « la claque ». Outre l'entrée gratuite, ils recevaient une somme modeste à la fin de la représentation.

Un soir où une pièce de Feydeau était à l'affiche, le régisseur d'un théâtre choisit douze jeunes gens âgés de trente ans environ qui avaient postulé à cet emploi. Ils attendirent une dizaine de minutes après le lever de rideau avant de remplir leur office. Ils commencèrent par des rires étouffés et des applaudissements à tous les bons moments. Puis deux d'entre eux, espérant une prime, crièrent « très drôle, très drôle » et ajoutèrent des rires énormes. L'auditoire ne semblait pas partager leur hilarité. On entendait même des sifflements de temps à autre. La claque termina sa mission par des éclats de rire et un tonnerre d'applaudissements juste avant le baisser de rideau.

Après la représentation et de retour au bureau pour recevoir leur prime, ils trouvèrent un directeur de théâtre fou furieux qui refusait de les payer et un régisseur contrit qui avait été licencié.

Pourquoi ?

Solution p. 283

218
LE TRAIN

Un homme marche le long d'une voie ferrée quand il voit un train rouler vers lui à toute vitesse. Pour l'éviter, il saute sur le côté, mais auparavant il court sur quelques mètres en direction du train.

Pourquoi ?

Solution p. 283

219
DANS LE PARC

Par une journée chaude et ensoleillée, Jane décide d'emmener Sally, trois ans, au parc. Quand elles arrivent sur place, Jane étale une serviette et s'assied pour regarder Sally jouer dans l'herbe. Soudain, elle voit un rottweiller imposant courir droit sur Sally. Au lieu de paniquer, Jane se contente d'observer la scène tranquillement.

Pourquoi ?

Solution p. 284

220
L'ESPION

Pendant la Seconde Guerre mondiale, un espion allemand réussit à obtenir une carte des emplacements des mines alliées dans la mer du Nord et l'océan Atlantique.

La marine allemande constata que les informations étaient justes car peu de temps auparavant, deux de ses vaisseaux avaient sauté sur des mines indiquées sur la carte. L'espion avait eu accès au document classé « top secret » après s'être lié d'amitié avec une secrétaire de l'Amirauté. Bien que les services de contre-espionnage britannique fussent au courant, la secrétaire ne fut pas arrêtée.

Pourquoi ?

Solution p. 284

221
SENS UNIQUE

Un chauffeur de camion tourne à gauche dans une rue à sens unique, à contresens. Au milieu de la rue, un agent de police le voit mais ne fait rien pour l'arrêter.

Pourquoi ?

Solution p. 284

222
LE PITBULL

Tom, le boucher, doit livrer un gigot et des saucisses chez Jack, le cordonnier, mais il n'y a personne à la maison. Un peu ennuyé, Tom s'apprête à repartir quand une rafale de vent envoie son chapeau neuf dans les branches du cerisier de Jack. Pour le récupérer, Tom doit affronter un petit problème. Kim, le pitbull de Jack, bien connu pour sa férocité, est attaché au tronc par une longue laisse et le chapeau est à sa portée.

Comment Tom a-t-il récupéré son chapeau sans être attaqué par Kim ?

Solution p. 284

223
MEURTRE DANS UNE VOITURE

Un homme a été tué par balles dans sa voiture. Il n'y a pas de traces de poudre sur ses vêtements, ce qui signifie que le tireur était à l'extérieur de la voiture. Pourtant toutes les portes et fenêtres sont fermées. Après une inspection approfondie, on a trouvé des impacts de balle uniquement sur le corps de l'homme.

Comment a-t-il été assassiné ?

Solution p. 284

224
L'OPÉRATION

Un physicien atomiste canadien fut opéré d'une tumeur au cerveau le 26 juillet dernier. L'opération échoua et le savant fut incinéré le 25 juillet de la même année.

Comment est-ce possible ?

Solution p. 284

225
L'ENLÈVEMENT

La première rançon fut demandée par téléphone deux jours après l'enlèvement d'Éric ; les kidnappeurs réclamaient 3 millions de dollars en coupures usagées. Cette somme dépassait largement les possibilités de la famille et, à l'issue des négociations des jours suivants, la rançon descendit à 500 000 dollars.

La police avait été avertie dès le début de l'affaire et avait conseillé à la famille d'exiger une preuve tangible qu'Éric était vivant avant de donner le moindre argent. Le lendemain, on trouva dans la boîte aux lettres une photo d'Éric tenant un exemplaire du *Sun* de la veille.

L'inspecteur O'Reilly était sceptique : « Cette photo peut être un faux et doit être examinée par le laboratoire de la police. » Deux heures plus tard, le Dr Bernstein, directeur du laboratoire, rendit la photo à l'inspecteur. « Elle est absolument authentique, affirma-t-il, et j'ai une excellente nouvelle. » Il murmura quelques mots à l'oreille de l'inspecteur. L'après-midi même le repaire des kidnappeurs était investi et Éric libéré.

Comment expliquez-vous ce coup de maître ?

Solution p. 284

226
LA RANÇON

Le fils d'un homme fortuné a été enlevé. On demande par lettre au père de porter un diamant précieux à une cabine téléphonique dans un parc public. Des policiers en civil cernent le parc avec l'intention de suivre le criminel ou son messager. L'homme suit les instructions à la lettre, mais la police ne peut empêcher le messager de quitter le parc avec le diamant et de rejoindre le rusé bandit.

Pourquoi ?

Solution p. 284

227
PAS DE CHANCE

Steve Jones, architecte, inspectait son dernier projet, l'aménagement d'un immeuble dans l'Upper East Side de Manhattan. Très fier des travaux achevés, il examinait le toit quand il glissa, bascula par-dessus le rebord et tomba sur la dalle de béton en contrebas. À la surprise générale, il atterrit à quatre pattes comme un chat et s'en tira avec de grosses ecchymoses.

Une semaine plus tard, il se sentit suffisamment remis pour retourner à l'immeuble et termina de nouveau par le toit. Avec une malchance stupéfiante, il rejoua la même scène que la semaine précédente, il glissa, bascula et atterrit à quatre pattes au même endroit sur le béton. Cette fois cependant il se cassa les quatre membres et fut hospitalisé pendant plusieurs semaines.

Étonnamment, il comprit durant sa chute que, pour une raison indépendante de sa volonté, cette fois-ci il serait gravement blessé.

Comment le savait-il ?

Solution p. 284

228
LE SUSPECT

Bernard Varot, banquier, a été trouvé par sa gouvernante, poignardé, un dimanche matin. Le principal suspect est son neveu et seul héritier, Brice. D'après la gouvernante, les deux hommes se querellaient souvent, parfois violemment, et pourtant étaient réciproquement dépendants sur le plan affectif, car dépourvus d'autres parents vivants.

Brice rendait régulièrement visite à Bernard après son travail. Vers 17 heures le samedi soir précédant la mort de Bernard, Brice était venu dîner et était parti vers 23 heures. On ne trouva sur le couteau que les empreintes de Bernard. La gouvernante, qui détestait profondément Brice, dit à la police que son neveu était la dernière personne qu'il avait vue de son vivant et qu'il avait de toute évidence un puissant mobile car Bernard avait envisagé de la porter sur son testament. Cependant, après un interrogatoire serré, la gouvernante dut admettre qu'elle était dans sa chambre quand Brice était parti et qu'elle les avait entendus se disputer au moment où l'horloge sonnait. Elle avait ensuite entendu la porte du bureau de Bernard claquer et, par la fenêtre, avait vu Brice quitter la maison, monter dans sa limousine avec chauffeur, qui avait aussitôt démarré.

La gouvernante dut également admettre qu'il était impossible pour Brice d'être revenu sans qu'elle le sache. De plus, Brice avait un alibi à toute épreuve puisqu'il avait passé le reste de la nuit à jouer au poker avec des amis. L'autopsie établit l'heure du décès entre 22 h 30 et 0 h 30.

Au vu des circonstances, la gouvernante devenait un suspect évident, même si, sans la modification de testament, elle n'avait pas de mobile. Le suicide était une possibilité, mais improbable. En fait, comme ce fut prouvé ultérieurement, Brice avait commis le crime. Comment ?

Quand la gouvernante relut sa déposition, elle découvrit soudain la faille fatale dans le plan de Brice.

Quelle était cette faille ?

Solution p. 285

229
L'ATTAQUE DE LA DILIGENCE

Billy the Kid fut pris la main dans le sac en essayant de voler les fonds transportés par la Wells Fargo de Denver à San Francisco. Dave, le shérif, avait monté un piège sur la base d'informations confidentielles.

Billy fut enfermé dans une cellule en attendant d'être transféré à San Francisco le lendemain. Cependant, le Kid réussit à s'évader à cheval, avec une avance de quelques heures. Le détachement du shérif aurait pu le rattraper s'il avait su dans quelle direction il galopait. Puis, par chance, il se mit à neiger. Les hommes se déployèrent, sachant qu'ils retrouveraient sans doute les traces de Billy dans la neige. Comme de bien entendu, ils les rencontrèrent une heure plus tard. Apparemment, le Kid se dirigeait vers Phoenix. Les traces du cheval indiquaient qu'il boitait légèrement ; le détachement rattraperait donc bientôt Billy.

La piste les conduisit en moins d'une heure à une cabane en rondins avec une écurie attenante. Ils repérèrent les empreintes de Billy allant de l'écurie à la cabane. Il était fait comme un rat. Le shérif cria des sommations à deux reprises, mais il n'y eut pas de réponse. Quand le détachement lança l'assaut, ils pénétrèrent dans une cabane vide ; l'écurie était également vide.

Sachant qu'il n'y avait pas d'autres empreintes dans la neige que celles du cheval jusqu'à l'écurie et celles de Billy jusqu'à la cabane, comment le coupable et son cheval avaient-ils pu s'évaporer ?

Solution p. 285

230
LE TUNNEL

Le train de Zurich approchait de Chur. Le compartiment de première classe était occupé par Karl et Lisa Hohl (un couple suisse de Lausanne), Bob (un Londonien avec une moustache d'aviateur de la RAF), Heinz Klausner (un homme d'affaires de Hambourg), une belle Parisienne blonde et Greta (une étudiante suédoise). Tous étaient en route pour Saint-Moritz pour des vacances enneigées et ensoleillées.

Klausner, plein d'entrain et légèrement ivre, se rendit rapidement insupportable. Il commença par se moquer de la moustache de Bob, puis fit des remarques désobligeantes sur les hommes suisses et, enfin, s'imaginant irrésistible, tourna son attention vers les dames. Il essaya d'abord de se blottir contre Lisa qui essayait de dormir. Puis il entoura Greta, trop timide pour protester, de son bras. En même temps, il tenait des propos suggestifs, dans un français épouvantable, à la jeune Parisienne qui tentait de lire *L'Express*.

Le train entra alors dans le dernier tunnel avant Chur et le compartiment fut plongé dans l'obscurité. On entendit alors un bruit de baiser suivi d'un coup de poing. Quand le train revint à la lumière du jour, la consternation et la tension régnaient dans le compartiment. Karl Hohl semblait en colère, Lisa était bien réveillée, Greta était toute rouge, Bob avait l'air indifférent et la Parisienne tenait son magazine devant ses yeux. Heinz Klausner affichait un œil au beurre noir et semblait éberlué.

Que pensez-vous qu'il s'était passé ?

Solution p. 285

—231—
LE SOLITAIRE

À 63 ans, John Miller était un homme amer. Il vivait dans un appartement de location bon marché et n'avait ni parents ni amis, seulement quelques vagues connaissances au bar du coin. Il avait commencé à travailler à la Poste à l'âge de 18 ans et y était toujours, au service du tri. Des personnes plus jeunes le dépassaient en promotion et il avait le sentiment que, s'il mourait le lendemain, personne ne le remarquerait ni le regretterait.

John décida de commettre un acte spectaculaire avant de disparaître complètement. S'il ne pouvait devenir célèbre par un talent remarquable, il pouvait peut-être se faire connaître quand même. Simple chimère au début, l'idée de son nom dans la presse tourna bientôt à l'obsession.

Il acheta un revolver à un individu douteux et attendit son heure et une bonne opportunité. Elle se présenta un samedi après-midi quand il sut qu'il verrait le Président sur la 5e Avenue. Quand le Président apparut, John tira deux coups de feu à faible distance. Le Président s'effondra, saignant abondamment d'une blessure à l'épaule. John fut maîtrisé et arrêté. Il fut interrogé pendant trois jours pleins, puis relâché contre une caution symbolique. Quand il passa en jugement, il fut déclaré coupable et condamné à 120 heures de travaux d'utilité publique.

Les juges furent-ils trop indulgents ?

Solution p. 285

232
LE BAL COSTUMÉ

Martin Hofmann était cambiste dans la succursale zurichoise d'Intertrust AG, une banque privée de taille moyenne. La direction décida d'organiser des soirées d'entreprise, outre la soirée rituelle de Noël, pour promouvoir l'esprit d'équipe au sein du personnel. Martin reçut une invitation, signée du directeur, à l'une de ces soirées : un bal costumé au Baur-au-Lac, l'un des hôtels cinq étoiles les plus chic de la ville. Le thème de la soirée était « Une nuit à la cour de Louis XV ».

Martin réfléchit longtemps à ce qu'il porterait. Il finit par louer une tenue de bouffon. Quand il entra dans la salle de réception, il fit sensation.

En partant du principe qu'il ne s'est trompé ni de date, ni d'heure, ni de lieu, où est l'erreur ?

Solution p. 285

233
LA COMBINE

Deux hommes, François et Laurent, allaient de l'Hôtel de Paris au Casino de Monte-Carlo, à quelques pas de distance. François, en smoking, entra directement dans l'établissement, alors que Laurent, en costume sombre uni, s'attarda quelques minutes à l'extérieur avant d'entrer dans la salle de jeu privée. Laurent s'assit à la table de roulette, en face de François, mais l'ignora comme s'ils ne se connaissaient pas. Les deux hommes commencèrent à jouer gros, mais uniquement sur des chances simples. Si François misait sur le rouge, Laurent misait la même somme sur le noir, de même sur pair et impair, et ainsi de suite.

Un autre résident de l'Hôtel de Paris, qui les connaissait, les observait. Après un moment, il se tourna vers sa femme : « Regarde ce que font François et Laurent ; ce n'est pas vraiment une combine. Ils ne peuvent pas gagner, mais ils perdront à chaque fois que le zéro sortira. »

Que se passait-il donc à votre avis ?

Solution p. 286

234
LE JOURNAL

Lucie et Jeanne lisent le même exemplaire du journal en même temps et pourtant elles ne se voient pas. La lumière est suffisante et elles n'ont aucun problème de vue.

Pourquoi ne peuvent-elles ni se voir, ni se toucher ?

Solution p. 286

235
L'ACCIDENT

Tracy et Scott passaient des vacances en Floride. Un matin, ils partirent de Hallandale pour Miami Beach dans une voiture de location. Fatigué par une nuit de fête, Scott s'endormit au volant ; la voiture sortit de la route à grande vitesse et heurta un réverbère.

Scott s'en tira avec un nez cassé et quelques éraflures, mais Tracy fut blessée plus gravement et hospitalisée pendant trois semaines. Une fois rétablie, elle poursuivit Scott en justice et toucha 20 000 dollars de dommages, plus 2 000 dollars d'indemnisation de frais médicaux. Scott, étudiant, n'avait pas vraiment les moyens de supporter une telle perte, mais il fut néanmoins ravi de l'issue de l'histoire.

Comment expliquez-vous sa réaction ?

Solution p. 286

236
GARE VICTORIA

Brian et Bill allaient tous deux de Marble Arch à la gare Victoria. Brian roulait à vitesse normale alors que Bill était à pied. La circulation était fluide et bien que Bill ait couru une partie de chemin et que Brian ait roulé en moyenne à 40 km/h, ils sont arrivés en même temps.

Comment est-ce possible ?

Solution p. 286

237
UN COUPLE AIMANT

Jacques et Catherine formaient un couple heureux d'une soixantaine d'années. Catherine avait abandonné son travail pour devenir femme au foyer quand elle se maria. Jacques n'était plus qu'à douze mois de sa retraite de directeur d'une société d'ingénierie prospère.

Jacques avait toujours été un homme actif et son bureau était bourré de trophées qu'il avait remportés dans différentes disciplines sportives. Il prenait grand plaisir à briquer ces trophées une fois par semaine et Catherine était ravie de lui laisser ce soin. Bien que Jacques ait paru pâle et fatigué ces temps derniers, il avait assuré Catherine que tout allait bien.

Ce dimanche soir, Jacques s'était installé dans son bureau pour son nettoyage rituel pendant que Catherine regardait les actualités de 19 heures dans le salon. À la fin de l'émission, celle-ci se dirigea vers le bureau pour proposer une tasse de thé à son mari. Elle trouva la porte fermée à clé et entendit Jacques parler à quelqu'un. Elle se demanda comment quelqu'un avait pu entrer sans qu'elle s'en aperçoive et frappa à la porte. Elle entendit soudain son mari crier « Posez ce couteau ! », puis un hurlement.

Au bord de la crise de nerfs, Catherine courut dans le jardin pour regarder par la fenêtre du bureau, qui était ouverte. Elle vit alors son mari effondré dans son fauteuil, un grand couteau enfoncé dans la poitrine. Elle se précipita chez les voisins qui appelèrent immédiatement la police.

Les inspecteurs de la criminelle furent rapidement sur place. Jacques avait été frappé en plein cœur et était mort sur le coup. Il n'y avait pas d'empreintes sur le couteau, ni de signes de lutte, et rien ne semblait avoir été volé. L'inspecteur principal regarda son collègue et dit : « Où est le mobile ? » Son collègue secoua la tête.

Quel était donc le mobile ?

Solution p. 286

238

UNE LECTURE ESSENTIELLE

Lors de sa première publication, ce livre ne fut lu que par une minorité de personnes très riches. Maintenant, il y en a un pratiquement dans chaque foyer. Encore plus étrange, il n'est pas en vente dans les librairies.

Quel est ce livre ?

Solution p. 286

239

L'ANNIVERSAIRE

Alice et George font du lèche-vitrines dans Bond Street, à Londres. Alice s'arrête devant une bijouterie et, parmi trois bracelets, en admire un portant un motif de léopard en pierres semi-précieuses. Lisant dans son esprit, son mari lui dit :

– Chérie, j'aimerais te l'offrir pour ton anniversaire, mais il est très au-dessus de mes moyens.

– Demandons, juste pour rire, insiste Alice et ils entrent dans la boutique.

Le vendeur va chercher le bracelet, Alice l'essaie et regarde son mari d'un air implorant. Interrogé sur le prix, le vendeur hésite un instant puis répond « 250 livres pour un règlement en espèces. » George ne peut cacher sa surprise car le bijou lui semblait de plus grande valeur. « Les pierres sont des imitations », explique le vendeur et il propose de réserver le bracelet le temps que George se procure la somme en espèces. Chez elle, Alice attend avec impatience George et son nouveau bracelet. Il revient avec un sourire d'autosatisfaction : « Chérie, tu ne vas pas le croire, mais j'ai montré le bracelet à Oscar et il m'en a proposé 800 livres. Maintenant, je peux t'offrir les trois bracelets. »

Une fois remise du choc provoqué par la tournure des événements, Alice est au bord des larmes. « Non, George, j'ai changé d'avis. Je ne veux pas de bracelet. En fait, je ne veux pas de cadeau d'anniversaire du tout. »

Comment expliquez-vous ce revirement ?

Solution p. 287

240
L'ARCHÉOLOGUE

Milos Sudsic jouissait d'une réputation mondiale d'archéologue brillant, fondée sur de multiples découvertes majeures. L'un de ses exploits moins connus fait l'objet de cette histoire.

Récemment, Milos fit un voyage en Grèce, accompagné de deux assistants. Il contacta le gouverneur de la célèbre communauté monastique du Mont-Athos afin de négocier un bail pour des fouilles sur un site de 1,20 hectare bien défini, sur le flanc nord de la montagne. Les termes du bail furent acceptés, pour un montant de 100 000 euros, et donnaient à Milos le droit de fouiller pendant 12 mois et de conserver ses découvertes à la condition qu'elles soient répertoriées. Trois gardes furent désignés pour superviser les fouilles et vérifier que Milos s'en tenait à la zone définie.

Dès le troisième jour de fouilles, Milos et son équipe trouvèrent le bon filon. La curiosité de l'un des gardes fut éveillée par des cris excités et il s'approcha du site. Ce qu'il vit ne lui parut pas justifier tant d'excitation : quelques morceaux de métal en forme de haricots étalés sur un linge blanc. Le lendemain, l'excitation grandit quand Milos découvrit un vestige de poterie contenant de nombreux objets métalliques identiques. Tout cela fut rapporté au gouverneur, comme convenu, qui convoqua immédiatement Milos pour une réunion.

L'archéologue sentit qu'il risquait des problèmes et, par précaution, demanda à un juriste grec, Costa Dafnides, de l'accompagner. Le gouverneur voulut savoir ce qui avait été mis au jour. Après avoir hésité et consulté Dafnides, Milos produisit ses 22 haricots en métal. Le gouverneur resta bouche bée d'étonnement. Il reconnut immédiatement les objets : des pièces en électrum, alliage naturel d'or et d'argent, frappées en Ionie en 550 av. J.-C. et d'une valeur inestimable pour les musées et les collectionneurs privés. Quelque dix ans auparavant, de telles pièces avaient été trouvées non loin du site des fouilles et avaient atteint 200 000 euros pièce. Le gouverneur ne pouvait pas laisser les étrangers partir avec une telle fortune. Il y avait peut-être plusieurs centaines de pièces enterrées dans le site et probablement plus encore dans les environs. « Je voudrais annuler le bail, suggéra le gouverneur, et que vous y trouviez votre compte. » Milos répondit qu'il n'avait pas l'intention de renoncer à cette aubaine « unique dans une vie », à aucun prix. Cependant, après quelques échanges vifs en grec entre le gouverneur et le juriste, Dafnides entraîna Milos à part et lui recommanda de négocier ; en effet, le gouverneur avait tous les atouts en main, à savoir l'armée qui pouvait rendre la vie insupportable au locataire.

Ils finirent par se mettre d'accord sur la somme de 1 million d'euros. Milos pourrait garder les pièces qu'il avait mises à jour mais devait quitter le site immédiatement en laissant tout le matériel sur place. De plus, les deux parties convinrent d'une clause de confidentialité.

Cette histoire peu banale eut également une suite peu banale. Après son retour à Londres, Milos remit gratuitement les pièces à un numismate de renommée internationale, très riche, et fit un don de 200 000 euros à une œuvre de charité.

Saurez-vous résoudre cette énigme ?

Solution p. 287

241
LE PUR-SANG

Blithe Spirit, vainqueur à dix reprises du Grand National, est attaché par une corde de 10 mètres de long. Une botte de foin se trouve à 12 mètres. Le cheval peut néanmoins brouter le foin sans que la corde se brise ou s'allonge d'aucune façon.

Comment est-ce possible ?

Solution p. 287

242
L'AVEUGLE

Un homme d'âge moyen, portant des lunettes noires et tenant une canne blanche et un chien-guide en laisse, marche lentement et précautionneusement sur le trottoir d'une rue très animée en plein jour. Il a une vue parfaite, n'essaie pas de demander l'aumône et n'a pas d'intention criminelle.

Que fait-il ?

Solution p. 287

243
MORT DANS SQUAW VALLEY

Un banquier new-yorkais et sa femme passent leurs vacances de ski annuelles dans Squaw Valley. En fin d'après-midi, par mauvaise visibilité, la femme dérape, tombe dans un précipice et se brise le cou. Le médecin légiste conclut à une mort accidentelle et autorise l'inhumation.

À New York, un employé d'une compagnie d'aviation lit ce fait-divers dans un journal. Il contacte la police et lui fournit une information qui provoque l'arrestation du mari et son inculpation pour meurtre au premier degré. L'employé ne connaissait pas le banquier et sa femme.

Quelle était cette information ?

Solution p. 287

—244—
LA PRÉCISION S'IMPOSE

Ann Bassett a le sommeil léger. Elle vit dans l'appartement 5C au 5e étage d'une tour. Les autres locataires sont des personnages connus de l'industrie, de la finance et du monde du spectacle. Yvette Maynard, l'actrice, vit dans le 5A.

Une nuit de novembre, Ann est éveillée par un hurlement et ce qui lui semble être un coup de feu. Elle enfile un vêtement à la hâte et se précipite dans le couloir. À ce moment précis, la porte du 5A s'ouvre et un homme part en courant vers l'escalier de secours. Ann reconnaît Johnny, le petit ami d'Yvette. En la voyant, il essaie de cacher son visage et, en passant devant elle, l'assomme avec le pistolet qu'il a dans la main. Juste avant de perdre connaissance, Ann remarque l'heure à l'horloge du grand-père d'Yvette qu'elle voit par la porte ouverte. Il est minuit et quart. Les autres locataires donnent l'alarme et Ann est emmenée à l'hôpital en ambulance.

Quand Ann reprend connaissance au petit matin, la police l'interroge. Elle est un excellent témoin. Elle a identifié le suspect et donné l'heure précise du crime. C'était bien un meurtre, car Yvette est morte sur le coup d'une balle dans la tête. La police est néanmoins extrêmement déçue car il s'avère que le suspect a le meilleur alibi possible. Il a été arrêté en voiture à minuit pile pour excès de vitesse. Le temps qu'il subisse un éthylotest et que la police prenne ses coordonnées, il était presque 2 heures.

Par précaution, l'horloge du grand-père a été vérifiée et il s'est avéré qu'elle donnait l'heure juste. Les poursuites contre Johnny ont été abandonnées. Pourtant Ann est convaincue qu'il est l'assassin, et elle a raison.

Saurez-vous résoudre ce mystère ?

Solution p. 287

SOLUTIONS

1 • MYOPIE

Il s'agit d'une facture d'opticien pour des lentilles de contact. Albert Grey les a achetées avant de reprendre sa voiture et les porte au moment de l'accident.

2 • CONVERSATION TÉLÉPHONIQUE

Soit un père et son enfant, soit un oncle paternel (ou tante paternelle) et son neveu ou sa nièce.

3 • IVRE MORT

La femme du patron du pub a été assassinée par le frère jumeau du client. En raison d'un vice de procédure, le meurtrier a été acquitté par le tribunal. Le patron, qui a assisté au procès, ignorait l'existence du frère jumeau. Il suppose que son client est le meurtrier de son épouse et le tue par vengeance.

4 • COURSE MORTELLE

La destination qu'a indiquée le passager correspond à l'adresse du chauffeur de taxi. Le chauffeur sait que sa femme a un amant qui lui rend souvent visite l'après-midi. Il assassine donc le passager pensant qu'il s'agit de l'amant de sa femme.

5 • LE MENU

Il s'agit d'un couple d'habitués du restaurant. Ils se rendent à un spectacle et commandent un dîner d'après-spectacle.

6 • LE BAISER

La femme pratique le bouche-à-bouche sur l'inconnu, le « baiser de vie ».

7 • BIEN CHOISIR SON COIFFEUR

Il est entendu que les coiffeurs ne peuvent se couper les cheveux eux-mêmes. Ils ont donc dû faire appel l'un à l'autre, ce qui signifie clairement que le premier coiffeur est le meilleur.

8 • UNE CONSOMMATRICE BIEN SCRUPULEUSE

Il s'agit d'une employée du magasin. Son travail consiste, entre autres, à retirer les articles dont la date limite sera dépassée le lendemain à l'ouverture du magasin.

9 • DANGER DANS LE CIEL

Un hublot a éclaté et le passager a été aspiré hors de l'avion.

10 • LE VERDICT

Le jury a prononcé un non-lieu pour manque de preuves.

11 • LE VANDALE

Le propriétaire du restaurant a fait installer une machine à sous par un gang dans ses locaux. La bande adverse l'a alors forcé à installer l'une de ses machines et lui a garanti sa protection. Lorsque le premier gang a appris l'existence d'une seconde machine, il a envoyé l'un de ses hommes pour la détruire. Après son départ, le propriétaire téléphone pour tout raconter à la bande rivale, qui se charge alors d'éliminer le casseur.

12 • UNE BRUNE OU UNE GUINNESS ?

Il dépose 4 pièces de 50 pence. S'il avait souhaité une Jubilee, il n'aurait déposé que 3 pièces de 50 pence.

13 • JALOUSIE

Le numéro de trapèze volant nécessite une précision sans faille pour éviter l'accident. Le signal est donné par l'orchestre que dirige Arthur et qui interprète *La Valse Minute* de Chopin. L'échange de trapèze doit avoir lieu très exactement sur la dernière note. Arthur n'avait donc qu'à accélérer la musique d'une ou deux secondes.

14 • LES DEUX VOLEURS

Le voleur qui alerte son complice a toujours son baladeur sur lui et, lors des cambriolages, il le règle de sorte à capter la fréquence radio de la police. Il entend qu'une voiture de police est envoyée sur les lieux pour intervenir.

15 • UN CONDUCTEUR PRUDENT

Je roule à contresens sur une voie à sens unique. Les voitures que j'ai doublées vont toutes dans la direction opposée.

16 • LE MASQUE

L'homme est un plongeur en eaux

profondes. À grande profondeur, un plongeur peut être affecté par un phénomène assez courant que l'on appelle l'ivresse des profondeurs. Ce syndrome provoque l'euphorie et la personne atteinte perd le sens des réalités et devient persuadée que tout équipement, son masque par exemple, est superflu et qu'il faut s'en débarrasser.

17 • LE CANDÉLABRE

Le vieil homme élégant et distingué semble expert en œuvres du XVIIe siècle. Il identifie immédiatement le candélabre comme l'œuvre de Giovanni Lorenzo Bernini. Il sait qu'il fait partie d'une paire et souhaite posséder l'ensemble. Très déçu en apprenant qu'il n'y en a qu'un, il fait part à l'antiquaire qu'il est prêt à payer jusqu'à 25 000 livres pour la paire et précise que l'achat d'une seule pièce n'est pas d'un grand intérêt.

Finalement convaincu par le commerçant, il achète celui-ci 5 000 livres mais réitère son offre de payer 20 000 livres pour le second objet. Soucieux de ne pas laisser passer une telle opportunité, le vendeur passe de nombreux appels dans le milieu, mais sans succès. Deux jours plus tard, un collègue le contacte pour lui dire que le second candélabre est à présent disponible.

Lorsque Robert amène l'objet chez l'antiquaire, ce dernier reconnaît son authenticité et se réjouit de le payer 9 000 livres. Inutile de préciser qu'on est sans nouvelles du vieil homme élégant et distingué.

18 • AU BUREAU DE POSTE

L'homme qui se trouve derrière le comptoir est en train de braquer le bureau de poste. Il a déjà tué le guichetier et tue le client, témoin de son crime.

19 • MEURTRE COLLECTIF ?

L'homme était un gardien de phare. Comme le phare était éteint, les navires ont échoué, provoquant la mort de plusieurs marins.

20 • LE RÊVE D'UN SOLDAT

Le soldat dormait pendant ses heures de service.

21 • LE CHAT

Brian Lewis souligna que le bronzage de son visage était naturel et uniforme. Cela n'aurait pas été le cas s'il avait porté la barbe.

22 • LE TEST D'ENDURANCE

Hans Muller a triché. Transpirer est impossible après cinq jours passés dans le désert avec seulement un demi-litre d'eau. Il aurait dû être complètement déshydraté.

23 • CHEZ LE COIFFEUR

David a des rendez-vous secrets avec la femme du coiffeur. Il essaye de savoir de combien de temps il dispose avant que l'homme ne rentre chez lui.

24 • L'EXPÉRIENCE

Le scientifique est Alexander Fleming qui, dans le cadre de ses recherches, conduisit en 1929 une expérience sur des cultures de staphylocoques. Ses cultures furent malencontreusemen contaminées par des spores de *Penicilliumnotatum* et se transformèrent en moisissure. Intrigué, Fleming isola cette moisissure. La substance se révéla un bouclier puissant contre nombre de bactéries. Le premier antibiotique était né.

25 • ÉCHEC ET MAT

Appelons les experts M. Blanc et M. Noir, selon la couleur des pions qu'ils jouent contre ma fille. C'est M. Blanc qui commence. Ma fille opère le même déplacement que lui dans son ouverture contre M. Noir, sur l'autre échiquier. Lorsque M. Noir joue, elle reproduit le même mouvement contre M. Blanc sur le premier échiquier, et ainsi de suite. Les parties simultanées contre les deux experts, deviennent une seule partie entre les deux joueurs, ma fille n'étant que le messager de leurs déplacements.

C'est pourquoi elle était certaine soit de gagner une partie et de perdre l'autre, soit de gagner les deux et donc de faire une meilleure performance que moi.

26 • JEU, SET ET MATCH

Il y a un ruisseau au nord du terrain. Si Ernest joue sur le demi-terrain sud, nombre de ses balles finiront leur trajectoire dans l'eau, particulièrement si un vent fort souffle dans la même direction.

27 • LA ROLLS-ROYCE CORNICHE

Ronnie Breskal est une star de cinéma et Ernesto Salers, sa doublure. Ils tournent une scène de leur prochain film d'action.

28 • DERNIÈRE LETTRE

Cette femme réalise des « écritures de ciel ». Un éclair s'abat sur son petit avion et l'appareil s'écrase.

29 • LE FAUX PROCÈS

Hans est un agent infiltré de la brigade antiterroriste, il a réussi à infiltrer ce groupe d'activistes. Lorsque le fonctionnaire est kidnappé puis condamné, Helldorf se porte volontaire pour l'exécuter afin d'épargner sa vie. Il tire à blanc, le sang est un artifice utilisé pour les effets spéciaux. La police induit volontairement la presse en erreur afin de protéger la couverture d'Helldorf.

30 • ALCOOL AU VOLANT

L'homme est un leurre chargé de détourner l'attention des policiers du club. Les autres membres, dont certains sont plus qu'éméchés, profitent ainsi que la voie soit libre pour rejoindre leur voiture et décamper.

31 • LES CONSEILLERS JURIDIQUES

Smith se prénomme Helen. Jones avait une liaison avec Helen. Il lui avait affirmé qu'il était célibataire et lui avait promis de l'épouser.

32 • COMPTE À REBOURS

Le lancement des fusées s'effectue dans la même direction que la rotation terrestre, d'ouest en est. Afin de tirer le meilleur profit de la poussée de la Terre, les sites de lancement sont situés au plus près de l'Équateur.

33 • COPACABANA

L'inspecteur Garcia avait remarqué la marque de la chevalière sur le doigt de Gert. En revanche, le bronzage de son bras était parfaitement uniforme, ne laissant aucune marque à l'endroit où Gert était censé porter la Rolex.

34 • PETITE ROUTINE

Joe est aveugle mais il s'est arrangé avec un vendeur du magasin qui l'aide à traverser l'avenue.

35 • LE BANQUIER

Lorsque l'inspecteur Brown appuie sur le bouton de lecture, le message commence instantanément. Quelqu'un a donc rembobiné la cassette. Une chose est sûre, le défunt n'a pas pu le faire.

36 • L'ARRESTATION

La maison du bandit est située sur la frontière entre le Brésil et la Bolivie. Sa chambre se situe sur le territoire bolivien. Dans ce pays, les charges retenues contre lui ne sont pas passibles de poursuites.

37 • LA MONTAGNE

La frontière entre la Turquie et l'Irak s'étend sur cette montagne et le sommet se situe du côté iraquien.

38 • ACCIDENT D'AVION

Le Piper Apache d'Alfie Huberman est un avion télécommandé.

39 • DEUX INCONNUS DANS UN TRAIN

L'homme est une vedette de la télévision et la femme est sourde et muette. Comme il mâche un chewing-gum, elle pense qu'il essaye de lui dire quelque chose, elle lui tend alors un papier pour qu'il puisse l'écrire. Lui pense qu'elle veut un autographe et signe le papier. Comme la signature n'a aucune valeur pour elle, elle jette le papier en descendant du train.

40 • LETTRE À GRAND-MÈRE

La riche grand-mère n'est autre que la Reine Victoria. Le garçon peut donc revendre la lettre pour 25 livres.

41 • LES FRÈRES JUMEAUX

Kurt Wilton s'est trompé. Son frère est aussi ingénieur civil agréé en Californie avec un frère jumeau.

42 • LES CONCURRENTS

Christophe était déterminé à prouver que son entreprise était plus compétitive que ses concurrentes dans la promotion d'un produit. Pour arriver à ses fins, il a soudoyé l'équipe qui tournait sa publicité afin qu'ils y introduisent des images subliminales dégradantes pour la marque X.
La publicité subliminale, qui agit sur l'inconscient de l'individu, est destinée à manipuler l'esprit du spectateur. Elle a été testée aux États-Unis puis déclarée illégale. Laurent, qui avait des soupçons, fit une capture d'écran qui révéla

l'image subliminale dénigrant la marque X.

43 • UN TRAVAIL PARMI DES MILLIONS

Robert Bradley est chef de cabine en première classe dans une compagnie aérienne internationale.

44 • L'EXPOSITION UNIVERSELLE DE PARIS

Paul est tombé malade durant la nuit et on lui a diagnostiqué une typhoïde. Pour éviter la panique et ne pas faire de tort à l'Exposition universelle, la direction de l'hôtel s'est arrangée pour le faire transporter en quarantaine dans un hôpital tenu par des religieuses et fait sceller la chambre 13 pour dissimuler l'arrivée de Paul. (Une histoire vraie et le sujet d'un livre, puis d'un film.)

45 • L'EXPÉDITION POLAIRE

Celsius ou Fahrenheit, cela ne fait aucune différence. Pour convertir des degrés Celsius en degrés Fahrenheit, il faut multiplier par 9, diviser par 5 et ajouter 32°.
Donc : $-40\ °C = (-40 \times 9) / 5) + 32 = -40\ °F$

46 • À L'ENVERS

L'homme est le sujet d'une expérience dirigée par des scientifiques allemands au milieu des années 1920. Le fonctionnement de l'œil humain est comparable à celui d'un appareil photo. La lentille d'un appareil correspond à la cornée et au cristallin de l'œil et la cellule photosensible à la rétine. Comme dans un appareil photo, la réflexion de la lumière forme sur la rétine une image plus petite que la réalité et systématiquement inversée. Le cerveau humain corrige l'inversion en retournant l'image reçue par la rétine. Pour tester ce mécanisme, un groupe d'ophtalmologistes avait équipé différents sujets de lunettes spéciales capables de retourner les images. Ce n'est qu'après quelques heures que le cerveau compensa cet effet et que l'environnement leur apparut de nouveau normal. De même, une fois les lunettes retirées, les sujets voyaient tout à l'envers jusqu'à ce que leur cerveau fasse de nouveau la correction. Dans cette énigme, l'homme venait juste de retirer ses lunettes et l'expérience avait pour but de déterminer le temps qu'il fallait au cerveau pour rectifier l'image.

47 • URGENCE POLICIÈRE

La seconde voiture de police stationnait dans un tunnel et ne pouvait donc recevoir aucun appel radio. Les agents n'ont donc pas pu entendre la demande de renfort émanant du commissariat.

48 • RONDE OU CARRÉE

Lorsque l'on met en place une plaque d'égout carrée, elle peut tomber dans le trou, contrairement à une plaque ronde. Le côté d'une plaque carrée est inférieur à la longueur de la diagonale du trou (sauf si le rebord sur lequel repose la plaque est suffisamment large). Mais quelle que soit la façon dont on présente une plaque ronde, elle ne sera jamais moins large que son diamètre et est donc plus sûre.

49 • QUE SUIS-JE ?

Un rêve.

50 • LE HOLD-UP

L'homme a commis deux délits. Premièrement, il a laissé tourner son moteur et, deuxièmement, il a bloqué trente autres automobilistes et provoqué un embouteillage. Il n'a pas braqué la banque.

51 • ROUGE ET NOIR

À chaque fois que Philip joue les rouges, Deborah, son épouse, place la même somme sur les noirs. À cause du zéro (vert à la roulette), ils perdent leur mise environ une fois tous les 74 coups. Mais Deborah s'en accommode. Ce loisir fait le bonheur de son mari et tous deux apprécient l'ambiance excitante du casino.

52 • PARC AUTOMOBILE

Sunlight gère un manège dans le célèbre parc d'attractions du Prater à Vienne. Les voitures ont des essieux d'un mètre et tournent sur un cercle de dix mètres de rayon. Les pneus extérieurs parcourent donc 10 % de trajet en plus.

53 • BRAQUAGE DE BANQUE

L'assistant du directeur, avec la complicité de la femme de ménage, a pris une photo du coffre-fort, dont il a fait un tirage grandeur nature. Puis ils ont placé celui-ci devant le coffre de sorte que l'agent de sécurité pense toujours voir la porte du coffre intacte. La femme de ménage a retiré la photo en arrivant à la banque le lundi matin et s'en est débarrassé avant que quelqu'un d'autre n'arrive.

54 • PIÈCE À CONVICTION NUMÉRO 1

Le meurtre a été commis par un gaucher. L'accusé avait fermement nié être gaucher, et comme il était ambidextre, il pouvait sans problème écrire de la main droite. Cependant il a instinctivement attrapé le couteau de la main gauche. C'est ce qui l'a trahi.

55 • LA CHAUSSETTE

Un passager s'est retourné vers les autres et a dit d'un air sérieux : « Je vois que certains voyagent léger ! »

56 • INSOMNIE

Dave occupait la chambre mitoyenne. Pete était donc dérangé par les ronflements de Dave.

57 • LES SECRETS DU LAC

Les enfants ne se sont pas noyés. Madeleine les avait emmenés chez un ami à qui elle s'était confiée et qui habitait à l'autre bout du lac. Elle espérait que sa comédie tragique ferait réaliser à René ce qui aurait pu arriver et qu'il mettrait fin à sa relation. Madeleine aurait pu être inculpée pour avoir fait une fausse déclaration et fait perdre son temps à la police, mais au vu des circonstances, elle a été acquittée.

58 • LA BALLE FATALE

Face aux réticences de Mario, le Parrain a eu recours aux services d'un tueur qui avait déjà tué Sylvia plusieurs heures avant la balle de Mario. L'autopsie montra que c'est la première balle qui avait causé la mort de Sylvia.

59 • LA CHAPELLE

Le Mont-Saint-Michel en Normandie est une île soumise aux marées. Certaines marées hautes l'isolent du continent. Henry a oublié de se renseigner sur les horaires avant de commencer son pèlerinage.

60 • SOLDES ANNUELS

Le message dit : « J'ai une laryngite sévère. Les médecins m'ont interdit de parler car cela pourrait aggraver mon état. Cependant, je suis le responsable du magasin et si vous ne me laissez pas avancer, je ne pourrai pas procéder à l'ouverture. »

61 • LE POIGNARD

Le combiné du téléphone a été analysé. On y retrouve les empreintes de Maynard, mais pas celle du neveu. Albert n'avait aucune raison de porter des gants, à moins qu'il ne soit le tueur. Il a commis l'erreur de ne pas les retirer avant d'alerter la police.

62 ♦ ACCIDENT DE VOITURE

Le médecin est la mère de Robert Jones.

63 ♦ PÉRIL EN PLEIN VOL

Au moment où Richard a sauté, la jambe gauche de sa combinaison en Nylon s'est accrochée à une vis légèrement desserrée de l'encadrement de la porte. Incapable de s'en extraire, Richard était suspendu à moitié dans le vide. Il n'a pas osé tirer sur la sangle d'ouverture car l'ouverture du parachute l'aurait certainement tué. La force l'aurait emporté contre le fuselage de l'avion à une vitesse de 160 kilomètres par heure. Il n'y avait aucun moyen d'avertir le pilote car à cette époque les vieux Dakota n'étaient pas équipés de radio. Lorsque l'avion a atterri, Richard s'est fait traîner sur toute la longueur de la piste. Cependant le sac à dos a amorti le choc et l'abrasion.

64 ♦ LA CADILLAC

Les douaniers auraient également retrouvé de la farine dans la roue de secours ainsi que dans les valises à double fond. Les trafiquants new-yorkais soupçonnaient depuis longtemps que l'un de leurs membres était un indic ou un agent infiltré. Différents membres ont caché les supposées drogues en divers endroits. En se précipitant sur les portières, les officiers permettent sans le savoir aux trafiquants d'identifier l'indic.

65 ♦ UN PRINTEMPS À LA MONTAGNE

L'hiver précédent, le couple faisait une promenade en montagne lorsqu'une avalanche s'est abattue sur eux et les a ensevelis. Au printemps, la fonte des neiges a permis de rendre leurs corps visibles.

66 ♦ AU CENTRE COMMERCIAL

Herbert applique lui aussi sa théorie et attend Harriet dans la librairie. Sa stratégie nécessite une amélioration précisant qui fait quoi.

67 ♦ DES CHEVAUX MIS AU PAS

Échangez vos montures !

68 • ERREUR DE PILOTAGE

Tim avait servi dix-huit ans dans la Royal Air Force. À son départ, il avait décidé de postuler en tant que pilote de ligne. Il suit donc une formation comprenant une simulation de vol en Boeing 747 et continue ainsi sa brillante carrière de pilote au sein de la compagnie British Airways.

69 • LE PROJET

Les deux hommes tentent une traversée en ballon de New York à Londres. Ils sont sponsorisés par une multinationale. Une bourrasque les pousse vers un gratte-ciel. Le choc briserait leur nacelle, donc pour se délester et gagner de la hauteur, ils se débarrassent d'une partie de leurs sacs de sable.

70 • LE VERRE D'EAU

David a le hoquet. Le geste du barman provoque un choc violent, un remède peut-être plus rapide que la technique du verre d'eau.

71 • DRÔLE D'ENDROIT

Il s'agit de la planète Vénus. Elle met 225 jours terriens pour tourner autour du Soleil (une année vénusienne) mais 243 jours terriens pour effectuer une rotation sur elle-même (une journée vénusienne).

72 • AUTORITÉ PRÉSUMÉE

Le témoin était l'employé de banque qui avait fait la description de l'imposteur à la police. Par pure coïncidence, il avait aperçu cet homme déjeuner au restaurant avec Dawson, la veille de l'audience.

73 • MERCADO INC.

Harry Green avait découvert que Holt avait détourné plus d'un million de dollars. Son premier instinct lui souffla de porter plainte, puis il se dit qu'il y avait peu de chances que cela aboutisse à un remboursement et son entreprise ne pouvait pas se permettre une telle perte. Il a donc concocté avec Conrad Holt un faux enlèvement. Ils avaient trouvé la solution idéale puisqu'elle permettait à Holt d'éviter la prison et sauvait Mercado de la faillite. En apprenant le décès de Holt, Green craignait que l'on retrouve des papiers compromettants révélant son rôle dans cette histoire.

74 • CREVAISON

L'homme prend un écrou sur chacune des trois autres roues et fixe la roue de secours. Chaque pneu est donc maintenu par trois écrous au lieu de quatre, ce qui est bien suffisant pour parcourir les quelques kilomètres qui le séparent de la ville.

75 • AU BUREAU DE CHANGE

Tim a l'intention de braquer la banque et repère les lieux.

76 • LE JUGEMENT

L'accusé a un frère siamois.

77 • L'AFFAIRE DE L'ANNÉE

Frank Forrester a vu une publicité pour des plaques minéralogiques. L'une d'entre elles portait les lettres EVE, formant le prénom de la femme de Bruce Miller (Ève). Il connaissait la coquetterie de Bruce et savait qu'il serait prêt à payer cher pour cette plaque. Le nouveau propriétaire accepta de payer la voiture au prix du marché, mais la plaque d'immatriculation n'avait pour lui aucune valeur.

78 • L'ARME ÉTAIT CHARGÉE

En fait l'accusé n'était pas coupable. Comme il l'avait déclaré, il avait bien mis le pistolet dans la poche droite de son pardessus. Cependant son pardessus était réversible, et quand il s'est mis à pleuvoir il l'a retourné, faisant par conséquent passer le pistolet de la poche droite extérieure à la poche gauche intérieure.

79 • UN MEURTRE MYSTÉRIEUX

Le mari, sachant que sa femme allume toujours le radiateur à gaz en hiver, a attendu qu'elle se couche. Au milieu de la nuit, il a coupé l'arrivée principale de gaz dans la cave, ce qui a éteint la flamme du radiateur, puis il l'a rouverte.

80 • RESSEMBLANCE

La vieille connaissance est en fait la mère de Lucy. Elle est devenue juriste et a épousé le principal du Lycée français.

81 • LE PROFESSEUR

La petite fille a regardé le professeur avec un sourire amusé, prit sa main et dit : « Ne sois pas idiot, papa. Viens je te ramène à la maison ! »

82 • MANGE ET MEURS

C'est Ève dans le jardin d'Éden qui a donné une pomme à Adam, qui par le fait est devenu mortel.

83 • UN COMPORTEMENT ÉTRANGE

Ceci, à quelques détails près, est une histoire vraie. Gerald Watson est en fait John Stonehouse, membre du parti travailliste au Parlement et ancien ministre (1969-1970). Suite à la création d'une banque au Bangladesh, il avait de sérieux problèmes dans ses affaires et désirait tout quitter ; il a donc décidé de changer d'identité. Stonehouse a suivi la méthode décrite dans le livre de Frederick Forsyth, *Chacal*, et obtenu un passeport au nom d'une personne décédée, Joe Markham. Il est entré aux États-Unis, à Miami, sous l'identité de John Stonehouse, mais après avoir passé l'immigration, il a prétendu avoir oublié quelque chose dans l'avion et a été autorisé à faire demi-tour. Puis il a repassé le contrôle de l'immigration cette fois en utilisant son passeport au nom de Joe Markham et réservé une chambre au Fontainebleau Hotel, à Miami Beach.

Le matin où il devait disparaître à tout jamais, il a laissé sa clé au concierge. La mer était calme et la plage déserte. Il a donc nagé jusqu'à l'hôtel Doral où il s'est présenté comme Joe Markham. Une fois reparti pour l'Australie, les registres de l'immigration montraient bien que John Stonehouse était entré sur le territoire américain, mais ne l'avait pas quitté, ce qui confirmait les soupçons de noyade. Le reste appartient à l'Histoire.

84 • OÙ EST DONC L'ARME DU CRIME ?

Le directeur général en avait après la victime. Il a donc caché sous sa serviette une stalactite qui lui a servi de poignard et a fondu après le meurtre.

85 • SOUPÇONS

Georges a simplement appuyé sur le bouton « *bis* » du téléphone (qui rappelle le dernier numéro). Quand l'homme a décroché, il lui a fait croire qu'il venait de gagner un concours et lui a demandé son nom et son adresse.

86 • UNE FEMME INFIDÈLE

Quand Eva est sortie, John avait remarqué que son bas gauche était filé. Quand elle est allée dans la cuisine pour faire le café, John a vu que le trou était passé sur la jambe droite.

87 • LE LOUP DANS LA BERGERIE

Le loup est entré dans l'enclos, a tué autant de moutons que nécessaire et les a réduits en morceaux pour les faire passer à travers les barreaux. Il est ressorti et a pu manger tout son soûl en dehors de l'enclos. Plus tard, un test de QI révéla que le loup avait un QI de 161.

88 • LA GRANDE CHARTE

Éric et son ami étaient des journalistes free-lance qui voulaient pénétrer le système de sécurité pour en révéler les failles dans la presse. Par sécurité, Éric avait écrit au procureur général en décrivant son opération comme un acte de journalisme d'investigation. C'est ce procureur qui fut tué dans l'accident et son attaché-case qui contenait la lettre innocentant Éric avait été réduit en cendres dans l'incendie.

89 • LE BEST-SELLER

Victor Bronson était aveugle et lisait l'édition en braille.

90 • UNE MAIN DE BRIDGE

Andrew se donne la dernière carte du paquet, puis continue, dans le sens inverse des aiguilles d'une montre, en donnant à chaque joueur la carte du dessous.

91 • LE MYSTÉRIEUX DIALOGUE

Le bout de papier posé sur le guichet disait : « Donnez-moi tout l'argent qui est dans la caisse ou mon complice qui est chez vous tuera vos enfants. » Après réflexion, il ajoute : « Pas de billets de 50 », pensant que leurs numéros les rendaient traçables.
Avant qu'il ne parte, l'agent de sécurité l'a entendu dire à la guichetière : « Fermez la banque et restez tous les deux une heure de plus. Si vous appelez la police d'ici là, vos enfants sont morts ! »

92 • LES DEUX MARINS

Jim est à bâbord (à l'ouest) et regarde vers l'est, et John se tient à tribord et regarde vers l'ouest. En d'autres termes, les deux marins sont face à face.

93 • EDGWARE ET EUSTON

Si les trains à destination d'Edgware et d'Euston arrivent à la même fréquence, c'est-à-dire toutes les 10 minutes, ceux pour Euston arrivent toujours une minute après ceux pour Edgware. Donc le train pour Euston arrivera en premier seulement si Sharon arrive sur le quai pendant cet intervalle d'une minute. Si elle arrive durant les neuf autres minutes, c'est le train pour Edgware qui passera en premier. Sharon pouvant arriver à n'importe quelle heure, il y a donc 9 chances sur 10 qu'elle aille à Edgware.

94 • LE SAPHIR

Le jeune homme était un étudiant sans le sou qui avait dépensé toutes ses économies pour louer un smoking. Il avait discrètement mis dans sa poche une cuisse de poulet pour le lendemain et ne voulait pas révéler sa pauvreté aux autres invités.

95 • LES TÉMOINS DE LA DÉFENSE

Bruce et Harry avaient tous les deux un frère jumeau monozygote (identique). L'avocat de la défense a donc appelé à la barre leurs frères respectifs. Les quatre frères nièrent avoir commis le hold-up, et comme l'accusation était incapable de clairement discerner quels jumeaux avaient fait le coup, les jurés durent les déclarer non coupables.

96 • L'ORDONNANCE

Le barbier n'est autre que la femme du maire.

97 • LA JUSTICE DE L'IRA

L'homme a des jambes artificielles. Il n'est pas blessé. Il a simplement simulé la douleur pour balayer tout soupçon et éviter de prendre des balles dans d'autres parties du corps.

98 • SOUPÇONNÉ DE VOL

Le détective Roberts savait qu'il n'y a pas d'enterrement à La Nouvelle-Orléans car le sol est trop humide. Les corps sont placés dans des mausolées ou incinérés.

99 • APPELS ANONYMES

Non, la police n'a pas été bernée. Ils ont ouvert le monnayeur de la cabine téléphonique, prélevé quelques pièces en haut du tas et vite trouvé les empreintes digitales de l'homme sur deux d'entre elles.

100 • DOUBLE HOMICIDE

Le meurtrier est en fait un médecin légiste qui a mis sur l'arme du crime les empreintes d'un cadavre qu'il venait d'autopsier. Le corps a ensuite été incinéré selon le souhait de sa famille.

101 • LES PRÉSIDENTS

Si le cinquième président américain ne fait pas partie de ceux morts à cette date, le journal aurait fait un constat plus impressionnant en titrant : « Trois des quatre premiers présidents des États-Unis sont morts un 4 juillet ». Tom peut donc être certain que le cinquième président est décédé à cette date.

102 • LIBRE ANTENNE

L'animateur a dit : « Maintenant nous appelons M. et Mme Bradley à Alperton pour connaître leur avis. » Tom a écouté la sonnerie du téléphone et à sa grande surprise, c'est un homme qui a décroché. Tom a reconnu la voix de son ami Michael, qu'il soupçonnait d'avoir une aventure avec sa femme.

103 • LE TIREUR D'ÉLITE

Le chapeau du tireur est accroché au bout du canon de son revolver.

104 • IMAGERIE MÉDICALE

Dans sa jeunesse, Robert Blocker s'était fait une fracture multiple à une jambe en faisant du ski en Écosse. Il avait fallu mettre des plaques et des vis pour fixer les éclats d'os. Tous les portiques de sûreté aéroportuaire se déclencheraient à coup sûr sur son passage et la radio de sa jambe lui permettait de fournir une explication.

105 • L'ASCENSEUR

Sa femme est dans l'appartement, sous respirateur artificiel. La machine est branchée au circuit général de l'immeuble.

106 • LE CHIRURGIEN

Pendant la Seconde Guerre mondiale, John et les six hommes composaient l'équipage d'un bombardier. Il avait dû atterrir d'urgence sur une île déserte du Pacifique Sud, loin de tout couloir de navigation. Leur radio ne fonctionnait plus. Leur unique espoir était d'être sauvés par une opération de recherche de l'armée de l'air ou de la marine. Les semaines s'écoulaient et leurs vivres s'amenuisaient, si bien que le rationnement était de plus en plus rigoureux. Une fois épuisé le stock de nourriture, ils avaient dû choisir entre deux options, mourir les uns après les autres ou manger des parties de leur corps. Ils commencèrent par leur avant-bras gauche. Seul chirurgien de l'équipe, John devait être épargné pour procéder aux opérations. Il avait cependant dû promettre qu'en cas de survie, il se ferait amputer dans les cinq années suivant la fin de la guerre. L'intervalle de cinq ans permettrait à John d'apprendre un autre métier. Mais John avait changé d'avis et rusé pour convaincre, espérait-il, ses anciens camarades qu'il avait honoré sa promesse.

107 • L'EXHUMATION

L'homme retrouvé dans le cercueil faisait du chantage à Geoffrey Griffiths. La somme qu'il demandait ne cessait d'augmenter, mais Griffiths en avait assez. Quand le maître chanteur vint le voir pour négocier un paiement total et définitif en échange du document compromettant, le fossoyeur prétendit lui donner son accord et lui offrit un verre pour sceller leur arrangement. Mais la boisson était empoisonnée. Une fois le maître chanteur mort, il fallut faire disparaître son corps. Griffiths trouva une solution qu'il croyait parfaite, jusqu'à ce caprice du destin.

108 • LE LANDAU

Toute la scène était manigancée et filmée par une équipe de caméra cachée pour une nouvelle émission.

109 • TRANSPORT DE FUSIL

Je place mon fusil dans une valise plate d'un mètre sur un mètre. La longueur de la diagonale étant supérieure à 1,30 m, le fusil y loge sans difficulté.

110 • L'HYPNOTISEUR

Jack emprunte le volume d'une encyclopédie qui va du mot « Guide » au mot « Hypnose ».

111 • UNE FEMME REJETÉE

Elle a bloqué le battant de la cloche avec de la neige, qui a fondu au fil de la cérémonie. Personne n'a remarqué la flaque d'eau située sous la cloche.

112 • LE NAGEUR

Ceci est une histoire vraie. L'homme nageait avec masque et tuba dans un lac situé près d'une forêt en Californie. Un grave incendie s'est déclaré dans la forêt voisine et les Canadair venaient puiser l'eau du lac pour combattre le feu.

Malheureusement l'homme s'est fait aspirer lui aussi, puis sa chute a causé sa mort.

113 • LA GALAXIE

L'émeraude retrouvée dans sa main était une superbe copie. Il a avalé la vraie pierre et bu tout son whisky. Avant de briser le dôme en cristal, il faisait semblant d'être soûl, mais après avoir ingéré le contenu de la flasque, au moment de son examen à l'hôpital pénitentiaire, son taux d'alcoolémie avait fortement augmenté.

114 • OBSTACLE DANGEREUX

L'avion roule sur la piste de l'aéroport de Quito situé à 2 850 mètres au-dessus du niveau de la mer.

115 • LA COLONNE DE NELSON

L'ami de Rudolf a décidé de sauter à l'élastique du haut de la colonne de Nelson et lui a demandé la hauteur afin de pouvoir régler la longueur de son élastique. Les mauvais calculs de Rudolf ont provoqué la mort de son ami car son élastique était trop long.

116 • LE DA VINCI CODE

La librairie fait aussi office de bibliothèque et la femme paie un supplément car elle rend son livre en retard.

117 • L'HEURE D'HIVER

Huit des horloges sont branchées sur le circuit électrique de l'appartement. Une coupure de courant pendant la nuit a empêché le fonctionnement de ces horloges, mais pas des deux autres, qui, elles, fonctionnaient avec des piles.

118 • PANNE D'ESSENCE

La femme est morte pendant son accouchement et c'est son bébé qui se trouve dans la voiture.

119 • LES CHAISES

Le tapissier a découvert des pièces d'or cachées dans les trois premières chaises et se précipite sur l'occasion pour récupérer les trois autres chaises et leur magot.

120 • LE MAGASIN SPÉCIALISÉ

Il s'agit d'une horlogerie. Une horloge comtoise est bien trop lourde à transporter. Un sablier possède des milliers de grains de sable, une horloge mécanique a huit à dix composants mobiles, un cadran solaire n'a aucun composant mobile.

121 • LA BOÎTE DE CONSERVE

Le client est un farceur invétéré. Il a dans son sac une boîte de poires dont il a précédemment remplacé l'étiquette par une étiquette identique à la boîte de pois. Quand le vendeur va chercher le responsable, l'homme remplace la véritable boîte de pois par la fausse boîte.

122 • LES ŒUFS

Un œuf ovale ou sphérique roulerait suivant une ligne droite. Mais un œuf asymétrique, avec une extrémité plus étroite que l'autre, aura tendance à rouler en suivant un axe circulaire. (Essayez avec un œuf de poule ordinaire.) Si les œufs se trouvent au bord d'une falaise ou dans un autre endroit dangereux, rouler en cercle plutôt que de façon linéaire constitue un avantage remarquable. Excellente illustration du concept de Darwin « la survie du plus apte ».

123 • PIÈCES DE MONNAIE TRUQUÉES

Il existe sûrement différents moyens pour faire en sorte que les chances soient également réparties. Comme les pièces sont truquées, en n'en lançant qu'une, le résultat est forcément faussé ; mais si on lance les deux pièces, on peut obtenir les résultats suivants :

Pièce 1	*Pièce 2*	
Pile	Pile	(PP)
Face	Face	(FF)
Pile	Face	(PF)
Face	Pile	(FP)

Les chances de produire un PP sont les mêmes que celles d'obtenir un FF. Cela peut donc servir de base au pari, à condition d'ignorer un lancer dont le résultat est soit PF, soit FP. Une autre solution consiste à coller les deux pièces entre elles de sorte que les deux faces lestées soient l'une contre l'autre ou bien sur l'extérieur, auquel cas le trucage est annulé par le contrepoids.

124 • LA DOT

Rudolf von Der Hagen était un joueur notoire et avait de lourdes dettes au casino du coin. Otto Wernicke a payé ses dettes, déchiré la reconnaissance de dettes et l'a mise dans l'enveloppe, effaçant ainsi l'ardoise de Rudolf pour qu'il commence plus sereinement sa vie de couple.

125 • QUEL CHEMIN CHOISIR ?

James a relevé le panneau et l'a tourné de sorte que la direction correspondant à la route dont ils venaient soit correctement positionnée ; de cette façon les autres directions du panneau étaient elles aussi forcément bien indiquées.

126 • L'ASSASSIN

Éric était en phase terminale d'une longue maladie et souffrait de façon intolérable. Il avait pensé au suicide, mais sa police d'assurance comportait une clause d'exclusion de garantie en cas de suicide. Comme Éric était bien décidé à assurer l'avenir financier de sa famille, il avait loué les services d'un tueur à gages. Sa femme se doutait de cette décision et, pour des raisons évidentes, ne souhaitait pas que l'assassin fût appréhendé.

127 • LES YEUX BLEUS

Le malheur évoqué dans la question était un accident dans lequel Karine avait perdu la vue. Ronnie, incapable de faire face au handicap de sa femme, l'avait quittée.

Après s'être remise de ce traumatisme, elle choisit un métier où son handicap était moins gênant, celui de standardiste. Karine était profondément attirée par la voix d'Éric et à chaque fois qu'elle l'entendait dire « Bonjour », cela ressemblait à un baiser. Mais quand il voulut la rencontrer, elle réalisa le côté désespéré de sa situation et, plutôt que de souffrir des affres d'une nouvelle déception, elle décida de se retirer.

128 • REPAS FATAL

Bien des années auparavant, John et David étaient partis en bateau ensemble, avec le jeune fils de David. Ils avaient rencontré une terrible tempête au large d'un groupe d'îles inhabitées et le bateau avait coulé. Le fils de David avait été grièvement blessé et, quand ils avaient réussi à atteindre l'une des îles, il était dans un état grave. Après des jours sans eau ni nourriture, ils étaient très faibles, notamment le garçon qui était proche de la mort.

Un matin, quand David s'éveilla, il constata que son fils avait disparu. John lui dit que le jeune garçon était mort au cours de la nuit et qu'il l'avait enterré pour éviter un plus grand chagrin à David. Plus tard dans la matinée, John apporta un morceau de viande à David. Quand celui-ci lui demanda d'où elle provenait, John

répondit qu'il avait attrapé et tué un pingouin plus loin sur la plage. Ils allumèrent un feu, firent cuire la viande et la dévorèrent.
Quand David mangea la viande de pingouin au restaurant, il se rendit compte que le goût était différent de celui de la viande qu'il avait mangée dans l'île. Il lui apparut évident que le repas de l'île était son propre fils.

129 • AIDER LA CHANCE

Le jeune homme prit un galet dans le chapeau et, avant que le roi n'ait le temps de l'examiner, le laissa tomber, apparemment par mégarde, sur le sol où il se perdit parmi les autres. Le prétendant fit remarquer qu'il suffisait de regarder la couleur du galet resté dans le chapeau pour déduire la couleur de celui qu'il avait tiré.

130 • WHISKY MORTEL

Le poison était dans les glaçons qui eurent le temps de fondre dans la boisson de M. B, mais pas dans celle de M. A.

131. LA SÉANCE D'IDENTIFICATION

La photographie montrait les six hommes présentés lors de la séance d'identification. L'un d'entre eux, qui répondait à la description, était noir, portait une tenue bizarre, avait une coupe de cheveux à l'iroquoise et des piercings dans le nez et l'oreille gauche. Les cinq autres hommes étaient blancs, portaient des costumes à fines rayures et des cravates et avaient l'allure typique de cadres. Les règles des séances d'identification stipulent que tous les participants d'un groupe doivent avoir une allure raisonnablement similaire.

132 • CLASSÉ X

Stephen était sérieux : il était le président du BBFC (*British Board of Film Censors*, commission de censure).

133 • PROMENADE DANS LE PARC

Éric souffrait d'un TOC qui lui interdisait de marcher sur les fissures du trottoir, c'est pourquoi il faisait des enjambées énormes. Dès qu'il atteignait le parc et pouvait marcher sur l'herbe, il faisait de nouveau des enjambées normales.

134 • LE DIALOGUE

Le morceau de papier présenté à la

caissière était un chèque de caisse. Elle reconnut la signature et la voix de l'homme quand il précisa : « Pas de billets de 50 », et lui demanda :
– Comment allez-vous ?
– Je suis gelé, il fait affreusement froid dehors.
L'agent de sécurité comprit que l'homme était un client et se retira.

135 • PARTIE DE CAMPAGNE

Diane avait mis ses lentilles de contact dans un verre d'eau que Fred avala sans y prêter attention. Elle était trop myope pour conduire et Fred n'avait jamais conduit. Comme personne d'autre ne pouvait prendre le volant, l'assistance de l'assurance dut les tirer d'affaire.

136 • MEURTRE EN FAMILLE

William Garner savait lequel de ses beaux-frères avait été assassiné, alors que l'inspecteur Nelson n'avait pas mentionné son nom.

137 • CONDUITE DANGEREUSE

Les personnages participaient au tournage d'un nouveau James Bond et toute la scène était filmée.

138 • CROISIÈRE DE LUXE

Le collier de la comtesse était en fait authentique et lui avait été offert par son amant. Elle avait dit au comte qu'il s'agissait d'une pièce en strass de très bonne qualité qu'elle s'était achetée elle-même. Gerrard savait que le collier était authentique, mais, à la vue de l'expression du visage de la comtesse, il devina la situation et mentit par galanterie… et paya le comte.

139 • DEVINETTE

Il s'agit d'un cercueil.

140 • LE GLOBE-TROTTER

Il s'agit du facteur qui distribue le courrier dans les différentes ambassades de Paris. Le bâtiment et le terrain de l'ambassade appartiennent au pays concerné et bénéficient de l'extraterritorialité.

141 • LES ENTREPRENEURS

Le propriétaire de la villa était Pablo Picasso. L'entrepreneur savait que les plans dessinés de la main de Picasso avaient plus de valeur que la construction de l'extension.

142. MAUVAIS GARÇONS

Quand Moses était devenu violet, Jaime avait immédiatement compris qu'il s'étouffait. Il l'avait frappé dans le dos pour essayer de débloquer l'aliment incriminé. Constatant son insuccès, il avait pratiqué une trachéotomie d'urgence (ouvrir la trachée permet la respiration quand le passage naturel de l'air est obstrué) et avait donc sauvé la vie de Moses.

143 • LA COLLISION

Deux véhicules seulement étaient impliqués directement dans la collision : la voiture de Henry et un camion qui transportait cinq automobiles.

144 • LE PERROQUET

Le perroquet était sourd.

145 • LE MEURTRE

Il s'agissait du tournage d'un film et l'un des deux hommes sur la terrasse était un cascadeur ; il était prévu qu'il tombe dans un filet de sécurité. L'homme chargé d'installer le filet ne l'avait pas fixé correctement et le cascadeur est mort. Le responsable de la sécurité sur le tournage fut inculpé pour faute lourde.

146 • L'ACCIDENT

L'homme avait été parachuté d'un avion et les cordes du parachute s'étaient emmêlées dans les branches de l'arbre.

147 • RENCONTRE À L'AMBASSADE

Il s'agissait d'un couple japonais, et les deux époux étaient aveugles.

148 • HOMICIDE

En réalité, Peter Collins était un policier. Le procès avait été monté de toutes pièces pour lui permettre de gagner la confiance du tueur de la mafia et obtenir des preuves pour une future enquête du Sénat.

149 • DRÔLE D'ÉCHANGE

L'opération était une escroquerie bien montée. Les vendeurs des billets de 50 euros étaient des faussaires qui avaient proposé de vendre 300 000 faux billets de 50 euros avec une remise de 60 %. Les acheteurs voulaient être rassurés sur la qualité des faux billets et avaient donc organisé une transaction test. Les faux étant de qualité médiocre, les faussaires avaient utilisé des vrais billets comme spécimens et lors de la livraison en gros,

ils avaient également placé un vrai billet sur le dessus et le dessous de chaque liasse.
NdT : il me semble que dans les films sérieux, on tire précisément un billet au milieu de la liasse.

150 • LE CLUB DES ADMIRATEURS DE JAMES DEAN

Les fans regardaient le film dans un charter reliant New York au lieu de la Convention nationale du club. Soudain, l'avion sembla avoir des problèmes de moteur et être en voie de s'écraser, et c'est au moment le plus triste que le pilote reprit le contrôle.

151 • LES AMANTS

Il avait commencé à pleuvoir tôt la veille au soir. Quand l'inspecteur Milan arriva chez Pauline, il remarqua que le sol sous la voiture de Paul était sec ; donc elle n'avait visiblement pas été déplacée depuis la veille. Paul avait en fait entendu la conversation entre Pauline et Pierre et s'était violemment disputé avec la jeune fille. Fou de rage, Paul avait frappé Pauline à mort avec un chandelier. Il avait ensuite attendu le matin pour appeler la police et raconter son histoire.

152 • TÉMOIN VISUEL

Claire Vermont assista au meurtre de l'extérieur de la maison. Elle rentrait tout juste d'une soirée quand elle vit le maître d'hôtel commettre le meurtre dans le salon.

153 • OFFRE D'EMPLOI

Frank avait une liaison avec une jeune femme mariée. Elle était la fille d'un diplomate né au Pakistan. Étant donné qu'elle parlait français et urdu, le poste lui allait comme un gant. Son mari, dont le salaire était modeste, fut ravi de la laisser accepter cet emploi. Elle put ainsi voyager avec son amant.

154 • LES CHAUSSURES EN CROCODILE

Le fabricant expédia 5 000 chaussures gauches à Seattle et 5 000 chaussures droites à New York. Quand elles arrivèrent aux États-Unis, son représentant américain refusa de payer les taxes d'importation et les produits furent confisqués. Comme personne ne se présenta pour les réclamer, les chaussures furent finalement mises aux enchères. Elles furent adjugées à un prix très faible (qui veut acheter 5 000 chaussures gauches ?). Évidemment, c'est l'Argentin qui, par l'intermédiaire de son représentant sur place, a acheté les chaussures avec une très faible surenchère, bien inférieure aux taxes que les douanes auraient perçues.

155 • L'INTERPHONE

Dumont avait oublié que la station maîtresse était sur haut-parleur tant que l'on ne soulevait pas le récepteur.

156 • LA PILULE AMINCISSANTE

Comme dans toute procédure normale de test de médicament, on distribua des placebos (substance neutre de remplacement, pour contrôler les effets) à la moitié du groupe. Tous les participants furent encouragés à se laisser aller à leur gourmandise, afin de démontrer l'efficacité de la pilule sans régime. Par conséquent, les individus placés sous placebo gagnèrent du poids.

157 • BAGAGE PERDU

Alan Goide réalisa soudain que la mauvaise valise portait une étiquette à son nom. Cela prouvait que le changement était volontaire, probablement pour faire passer de la drogue en contrebande.

158 • LE SIDÉRURGISTE

David Edwin travaille dans l'équipe de nuit de l'usine et vit dans un appartement en sous-sol, donc il descend les escaliers de la tour pour rentrer chez lui.

159 • L'INVENTION

L'histoire est véridique. Une chaîne de bookmakers qui ouvrait une nouvelle boutique fit un appel d'offres pour un système de téléphone et de haut-parleur. Le client d'Ollie pariait bas et gagnait. Le système d'Ollie permettait de recevoir le commentaire de la course dans la boutique cinq minutes après le départ. Les parieurs appartenant au réseau pouvaient écouter le commentaire en temps réel, par Walkman, et continuer à parier alors que la course était bien engagée, voire terminée, en connaissant le cheval de tête. Cette escroquerie fut reprise, mais avec un système manuel, dans le film *L'Arnaque*.

160 • TAXI RUSÉ

Elle comprend qu'il n'est pas sourd puisqu'il l'a amenée à destination.

161 • LE BILLET TROUVÉ

Puisque le même faux billet a été

utilisé dans toutes les transactions, elles sont toutes invalides. Mais en réalisant ce qui s'était passé, le directeur remboursa tout simplement la banque, ce qui évitait à la femme de ménage d'être l'unique perdante. Le directeur de la banque ne perdait pas vraiment puisqu'il avait payé le boucher, mais le billet de 50 euros avait été blanchi.

162 • LES SŒURS

Elles ont une troisième sœur et sont des triplées.

163 • L'ÎLE EN FEU

L'homme devrait allumer un feu à l'endroit où il est et marcher vers le feu principal. Le vent attisera le feu qu'il a allumé et incendiera l'extrémité de l'île vers laquelle souffle le vent. Il retournera ensuite sur cette terre brûlée et y sera en sécurité quand le premier feu atteindra le point de départ du second feu.

164 • ATTAQUE À MAIN ARMÉE

Les voleurs n'avaient pas pris le temps de fouiller leurs victimes au corps ; ils ne remarquèrent donc pas que l'un des deux avait un téléphone portable dans la poche de poitrine de sa veste. Malgré les menottes, il réussit, avec l'aide de son collègue, à attraper le téléphone et à composer le 911. À voix basse, il indiqua à la police la couleur du véhicule et son numéro d'immatriculation, et en regardant par une petite fenêtre, il put décrire leur itinéraire.

165 • LA PLAGE

L'île en question est la tristement célèbre île du Diable. L'homme était un prisonnier que deux gardes amenaient sur l'île à la rame car le bateau ne pouvait pas mouiller à moins de 400 mètres du rivage, en raison de récifs traîtres. Pendant le trajet, une rafale subite frappa le bateau et les deux gardes furent précipités à la mer et se noyèrent. Le prisonnier, qui était enchaîné au bateau, avait survécu car une poche d'air s'était formée sous le bateau quand il s'était retourné.

166 • DE QUOI S'AGIT-IL ?

Des numéros de maison.

167 • LES CAMBRIOLEURS

John est âgé d'un an.

168 • LES DOIGTS EN V

Les hommes qui faisaient ce geste étaient les archers, qui tendaient la corde de leur arc avec l'index ; ils montraient ainsi que leurs doigts étaient intacts. En effet, au cours des guerres médiévales, il était courant de couper ces deux doigts aux archers ennemis capturés.

169 • LES CREVAISONS

La Mercedes était sur le train.

170 • LES PARACHUTES

L'homme a demandé deux parachutes afin de convaincre les autorités qu'il avait l'intention de garder un otage. S'il n'en avait demandé qu'un, on aurait su qu'il était pour lui et on lui aurait peut-être fourni un parachute saboté. En en demandant deux, il était sûr qu'on lui en fournirait deux en bon état et qu'il pourrait en utiliser un en toute sécurité.

171 • LE VERGER

Fabien vivait au 14e étage d'une tour d'habitation. Des arbres miniatures plantés en pots composaient son verger sur son balcon. Quand il sortit pour cueillir des fruits, il trébucha et tomba par-dessus la balustrade.

172 • À QUI LE TOUR DE CONDUIRE ?

Peter et Paul sont des frères siamois qui vivent à Manchester, dans le Connecticut, où l'on conduit à droite. Le déménagement à Londres, en Angleterre, où l'on conduit à gauche, obligerait Paul à conduire.

173 • PROBLÈME D'ÂGE

Ce calcul date du 1er janvier. L'anniversaire de Fabien était le 31 décembre. Il avait 17 ans avant-hier, 18 ans hier et aura 19 ans cette année et 20 ans l'année prochaine.

174 • FLAQUES D'EAU

Un gang organisé de jeunes des rues avait trouvé une méthode ingénieuse pour voler des milliers de cigarettes : ils faisaient geler de l'eau en forme de pièces de monnaie d'une taille propre à déclencher le mécanisme de distribution.

175 • LE CIMETIÈRE

L'histoire est véridique, hormis la date. Dans les années 1970, un dénommé Udo Proksch fonda une association visant à promouvoir l'enterrement en position verticale. Le projet recueillit nombre de soutiens dans toutes les tranches de la population autrichienne. Plus tard, Proksch devint célèbre pour son implication dans une fraude aux assurances qui coûta la vie à six hommes. Udo Proksch fut condamné à la prison à perpétuité et mourut en prison.

176 • PRÉSIDENTS DES ÉTATS-UNIS

Il s'agissait du même homme. Grove Cleveland (1837-1908) fit deux mandats de président, mais ces mandats ne furent pas consécutifs. Il fut président de 1885 à 1889 et de 1893 à 1897.

177 • LES GOLFEURS

Sidney et Stanley étaient des joueurs de golf, mais en l'occurrence disputaient une partie de tennis. Le score était de 30 partout quand Stanley mit une balle dehors. La bonne balle suivante de Stanley lui donna le jeu.

178 • NOUVELLES DEVISES

Le directeur de la banque centrale, nouvellement nommé, avait imposé au créateur graphique de porter la mention « Spécimen » sur le dessin de l'artiste. Le mot étant écrit en alphabet cyrillique, l'imprimeur ne comprit pas qu'il y avait un défaut. Informé du « problème », l'imprimeur fit remarquer à la banque que les billets deviendraient des collectors et se vendraient probablement à un prix supérieur à leur valeur faciale.

179 • LE TÉLÉPHONE PORTABLE

Poirot suggéra à l'hôtesse de demander au pilote de contacter la tour de contrôle ; celle-ci pourrait appeler le numéro de Wolfgang. Quand son téléphone sonnerait dans la cabine de première classe, le voleur serait démasqué.

180 • DÉLIT DE FUITE

La défense échoua. Un goûteur professionnel n'avale jamais une goutte du vin qu'il teste. Il observe sa couleur, le renifle, le fait tourner dans sa bouche et le recrache.

181 • PERDU

Bobby était un labrador et John, son maître, a utilisé un sifflet pour chien, inaudible pour l'oreille humaine, pour le rappeler.

182 • LE COLLIER DE PERLES

« Harry Winston assistera à la réception et il reconnaît une imitation quand il en voit une ; je ferais mieux de prendre le vrai collier à la banque. »

183 • L'IDIOT DU VILLAGE

L'homme se disait : « Je suis peut-être l'idiot du village, mais je ne suis pas stupide. Si je prends une seule fois le billet, ce sera la fin de l'histoire. »

184 • FORTES PRÉSOMPTIONS

Fred et Rona avaient organisé cette fausse disparition et laissé volontairement des indices menant à l'arrestation de Fred. Il était prêt à subir une année d'emprisonnement et comptait, lors de la réapparition de Rona, porter plainte et réclamer des dommages et intérêts pour arrestation et emprisonnement injustifiés. Le fait qu'elle ait laissé toutes ses affaires était cependant une preuve suffisante de complicité d'escroquerie.

185 • LA BOÎTE NOIRE

Il mesure la pièce avec un télémètre laser, un outil qui enregistre les mesures à l'aide de la technologie laser.

186 • LE PILOTE

Pendant son jour de repos, Ara pilotait un planeur à deux places et l'atterrissage fut assez doux, toutes proportions gardées.

187 • LES EXPLORATEURS

Les deux hommes étaient en plongée en grande profondeur car ils exploraient le fond de l'océan à la recherche de minéraux précieux. Ils étaient à 100 m, profondeur à laquelle l'air devient dangereux dans ses proportions naturelles. Durant la remontée, des bulles d'azote peuvent se former dans l'appareil circulatoire du plongeur (maladie des caissons). Pour assurer une décompression sans danger, la remontée peut durer des heures. Plusieurs pionniers, dont le Suédois Arne Zetterstrom, ont payé de leur vie une remontée trop rapide.

188 • LE TUEUR EN SÉRIE

Les agents de la force publique américaine sont tenus réglementairement de garder leur main directrice libre. Comme il était facile de vérifier que les deux hommes étaient droitiers, celui dont la main droite était libre était l'agent fédéral.

189 • JOUR J

Le département des achats des Forces alliées avait acheté toutes les poupées gonflables grandeur nature, les avait vêtues d'uniformes de parachutistes et les avait larguées derrière les lignes ennemies, en plusieurs endroits de Normandie, pour désorienter la défense allemande.

190 • LE TÉLÉPHONE SONNE

Il s'agissait d'une réunion de patrons de la mafia. Après avoir souhaité la bienvenue à tous, le grand patron annonça qu'une personne présente avait brisé l'omertà (la loi du silence) et les avait trahis. Il prétendit qu'un contact de haut niveau dans la police allait téléphoner incessamment et donner le nom du traître.

191 • L'EXCURSION

Les membres de l'association se rendaient à Northville par le train et M. et Mme Jones décidèrent d'aller manger rapidement dans le wagon-restaurant, à l'arrière du train.

192 • LIEU DE TRAVAIL

Alain est navigateur à bord d'un sous-marin qui a coulé sur un haut-fond à 500 mètres du port lors de ce qui devait être une sortie d'essai de 24 heures. Toutes les tentatives de sauvetage ont échoué jusqu'alors, car la trappe de secours est bloquée. Il est le seul survivant dans le sous-marin car le reste de l'équipage a été noyé par une inondation. La nourriture et l'eau à proximité sont les poissons et la mer. Il peut voir le rivage et plusieurs restaurants de front de mer à travers le périscope devant lequel il est assis.

193 • AUBE OU CRÉPUSCULE ?

Norman savait bien entendu que l'Amazone coule d'ouest en est. Il est également évident que le ciel à l'aube est plus lumineux à l'est et s'assombrit petit à petit à l'ouest, et que l'inverse se produit au crépuscule. S'il avait eu sa montre, il l'aurait su instantanément puisque pendant l'hiver brésilien (l'été dans l'hémisphère Nord), le soleil se lève tôt et se couche tard.

194 • LA BRIQUE

Le jeune homme était un cambrioleur en puissance. Il fut trouvé devant une bijouterie dans la station balnéaire anglaise de Brighton une nuit de 1981. Il avait lancé la brique dans la vitrine qui était en verre armé ; la brique avait rebondi et l'avait assommé.

195 • LE COUREUR À PIED

Jonathan avait en fait pris un tour au Nigérian. Celui-ci avait donc encore un tour à parcourir quand il coupa la ligne – ce que comprit immédiatement Jonathan.

196 • HEUREUSE ET TRISTES

Ce sont les finalistes d'un concours de beauté. Comme de coutume, les deux finalistes perdantes essaient de faire bonne figure et l'émotion fait pleurer la gagnante.

197 • L'HÉLICOPTÈRE

Les hélicoptères à rotor unique ont également une petite hélice verticale anti-couple de queue. En raison de la mauvaise visibilité, je me serais précipité dessus et aurais été tué instantanément. Les deux hommes comprirent que de simples cris d'avertissement n'auraient pas évité le désastre et choisirent la seule méthode efficace.

198 • GROSSES LARMES

La petite fille était l'actrice Shirley Temple et il fallait qu'elle pleure dans une scène d'un film.

199 • LES CLÉS

Andrew n'avait pas dit à Raymond qu'il allait passer quelques jours à Bristol. Par conséquent, Raymond a expédié les clés à Cambridge sans réaliser que le facteur les glisserait dans la boîte aux lettres et qu'Andrew ne pourrait pas les récupérer pour ouvrir la porte.

200 • LA SCIERIE

Boris volait des brouettes.

201 • DANGER AÉRIEN

L'avion avait atterri à l'aéroport, mais n'avait pas encore atteint le terminal.

202 • LE CRIME

Le suicide.

203 • L'HÉRITIÈRE

Plod gâcha inutilement ses dernières années car le mari était parfaitement innocent. L'héritière avait passé un nœud coulant autour de son cou, était montée sur un bloc de glace et l'avait poussé du pied. Il était tombé dans la baignoire (ou le Jacuzzi) et avait fondu pendant la nuit.

204 • LE JUGEMENT
Quand le juge lui a demandé quel goût avait le hibou moyen-duc, l'homme a répondu : « Entre celui de l'aigle chauve et du condor. » Or les deux sont des espèces protégées.

205 • LE MAQUIS
Jean-Claude était l'adjoint du maire de la ville et, à ce titre, devait avoir des contacts officiels avec la Gestapo. Ses visites au quartier général lui permettaient de récolter des informations utiles au Maquis. René donna à Georges un pistolet chargé à blanc pour tester son engagement envers la cause.

206 • L'OPÉRATION
Le fils de cet homme est sous dialyse depuis des années et son état se dégrade. Son rein qui fonctionne encore partiellement est soupçonné d'être atteint d'une tumeur maligne et doit être retiré. Les médecins espèrent encore trouver un donneur approprié pour une transplantation, mais le père a décidé de ne pas attendre davantage.

207 • LE CONTRAT
Quand Stephen laissa le message sur le répondeur de Dave, il oublia de préciser quelle heure il était. Dave ne savait donc pas quand démarraient les 40 minutes du délai.

208 • MANQUE DE PRUDENCE ?
L'homme est un laveur de vitres accroché à l'extérieur et qui regarde à l'intérieur de l'appartement. Il saute sur le plancher de la pièce.

209 • CUILLÈRE OU PAILLE
Lady Jane avait perdu l'une de ses lentilles de contact dans le potage.

210 • L'ASSASSIN
Tessino avait été abattu dans un cinéma drive-in pendant une scène de guerre.

211 • LA SOIRÉE D'ANNIVERSAIRE
Le cadeau de Sébastien était une boîte de chocolats avec un petit mot : « Bon anniversaire, chère Julie. Tendrement, Sébastien. » Julie comprit immédiatement que le bracelet et le mot d'amour étaient destinés à Catherine, sa sœur jumelle.

212 • LE PONT
Michael sortit d'Ashdown dès qu'il vit la sentinelle disparaître

dans sa guérite. Il marcha pendant presque cinq minutes, chronomètre en main. Puis il se retourna et commença à courir vers Ashdown. La sentinelle apparut et, voyant Michael se diriger vers Ashdown, lui ordonna de « retourner » à Beechden.

213 • L'HÉRITIER

Le test était une prise de sang. L'ancien savait que le vrai prince était hémophile.

214 • PROBLÈME DE COMMUNICATION

Les deux filles ont été élevées séparément, l'une par son père et l'autre par sa mère, dans des pays différents. Si le père est bilingue, les deux filles ne parlent pas la même langue.

215 • LE BILLET DE CENT DOLLARS

Steve avait inventé une méthode lui permettant d'obtenir quinze billets de 100 dollars à partir de quatorze billets (voir le diagramme ci-dessous). Il coupait chaque billet en deux très soigneusement. Il recollait ensuite le morceau supérieur (avec du ruban adhésif transparent) à l'endroit adéquat sur le billet suivant et les 14 billets se transformaient en 15 billets.

Bien entendu, chaque billet perdait un quinzième de sa longueur, ce qui normalement ne se remarquait pas. (Cette astuce fut utilisée par un escroc en Autriche avant-guerre.)

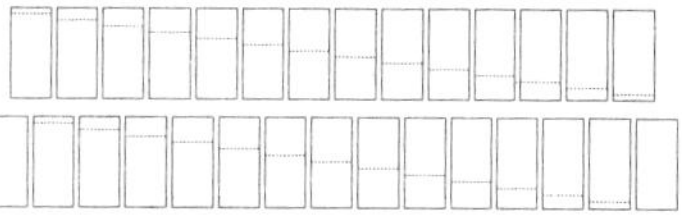

216 • COPYRIGHT

Les auteurs ou les éditeurs incluent généralement un mot inexistant dans un dictionnaire ou une faute d'orthographe dans les tables.

217 • LA CLAQUE

L'acteur principal étant tombé subitement malade, le vaudeville fut remplacé par une représentation de *Hamlet*, un spectacle de réserve. Le régisseur avait oublié d'informer son équipe du changement de programme.

218 • LE TRAIN

L'homme marchait dans un tunnel ferroviaire et arrivait au bout quand il entendit un coup de sifflet et vit le train rouler vers lui. Il dut d'abord courir vers le train, et la sortie du tunnel, pour sauter sur le côté en toute sécurité.

219 • DANS LE PARC

Sally est une jeune femelle rottweiller et l'autre chien est un mâle.

220 • L'ESPION

La carte indiquait des emplacements justes et beaucoup d'autres fictifs, et entravait donc l'action de la marine allemande. Le document avait été mis volontairement entre les mains de l'espion.

221 • SENS UNIQUE

Le chauffeur du camion est à pied.

222 • LE PITBULL

Tom a pris une saucisse et l'a tenue hors de portée de Kim, mais assez près pour qu'il puisse la renifler. Il a commencé à faire le tour de l'arbre, suivi par le chien alléché. Au bout de plusieurs tours, la laisse s'est enroulée autour de l'arbre et est devenue assez courte pour permettre à Tom de récupérer son chapeau.

223 • MEURTRE DANS UNE VOITURE

L'homme avait une voiture décapotable et a été tué alors que le toit était ouvert.

224 • L'OPÉRATION

Le physicien atomiste fut opéré en Russie le matin du 26 juillet. Il mourut et fut ramené au Canada par avion pour y être incinéré. L'avion vola vers l'est et gagna une journée en passant la ligne de changement de date.

225 • L'ENLÈVEMENT

Le Dr Bernstein avait fait un agrandissement de la photo et était arrivé à déchiffrer l'adresse de l'abonné au journal, écrite dans le coin en haut à gauche de la une.

226 • LA RANÇON

Cette histoire vraie s'est déroulée à Taïwan. Quand l'homme arriva à la cabine téléphonique, il trouva un pigeon dans une cage et un message lui disant de placer le diamant dans un petit sac attaché à la patte du pigeon.

227 • PAS DE CHANCE

Quand Steve tomba pour la première fois, la dalle en béton venait d'être coulée et était encore humide. Le ciment mou amortit le choc. Une semaine plus tard, le béton avait pris et était dur, et la chute se solda par de multiples fractures.

228 • LE SUSPECT

Brice avait conçu un plan, qu'il pensait infaillible, pour couvrir ses traces. Il avait enregistré sa conversation avec Bernard, lors d'une visite précédente dans la semaine, avec un magnétophone dissimulé dans sa mallette. Après avoir tué Bernard, il mit le magnétophone en marche en quittant le bureau pour que la gouvernante entende les voix.

En relisant son témoignage, la gouvernante réalisa soudain qu'elle avait entendu l'horloge sonner six coups alors qu'il était 11 heures du soir.

229 • L'ATTAQUE DE LA DILIGENCE

Quand Billy arriva à la cabane, il venait de commencer à neiger. Il mit son cheval à l'écurie et entra dans la cabane vide, en quête de nourriture et de boisson. Quand il eut fini de manger, il ne neigeait plus, mais le sol était couvert d'un épais manteau blanc.

Soudain le Kid eut une illumination. Son plan pour rouler le détachement qui le poursuivait sans aucun doute était infaillible. Il marcha à reculons de la cabane à l'écurie et remplaça les vieux fers de son cheval par des neufs, mais montés à l'envers. Puis il monta sur le cheval dans l'écurie et se dirigea vers le nord. Le détachement du shérif vit ces traces, les suivit jusqu'à l'écurie et la cabane, mais ne comprit pas comment leur proie avait pu leur échapper.

230 • LE TUNNEL

Bob était tellement exaspéré par le comportement d'Heinz Klausner qu'il avait saisi l'occasion fournie par l'obscurité pour imiter le bruit d'un baiser qui justifiait le coup de poing.

231 • LE SOLITAIRE

John était dans un cinéma de la 5e Avenue qui retransmettait aux actualités une tentative d'assassinat sur le Président. Au moment de l'action, John tira deux coups de feu sur l'écran.

232 • LE BAL COSTUMÉ

La fête se déroulait le 1er avril et Martin était la victime d'une farce. Ses collègues du service du courrier avaient imprimé une invitation spéciale pour lui, mentionnant un « bal costumé », alors que toutes les autres invitations stipulaient « tenue de soirée ».

233 ♦ LA COMBINE

François et Laurent essayaient de blanchir de l'argent de la drogue. L'un des deux quitterait vraisemblablement la table avec des gains substantiels qui justifieraient l'achat des jetons. Les pertes sensiblement équivalentes de son partenaire passeraient inaperçues. Il est vrai qu'au bout d'un certain temps, les partenaires perdraient un peu, environ 1,35 % sur la mise globale, mais à long terme, le système s'avérerait probablement plus économique – et certainement plus sûr – que les méthodes traditionnelles de blanchiment.

234 ♦ LE JOURNAL

Lucie et Jeanne sont deux sœurs dont les chambres sont attenantes. Leur mère a fermé la porte de communication pour les empêcher de bavarder la nuit. Lucie a glissé la moitié du journal sous la porte.

235 ♦ L'ACCIDENT

Tracy était la sœur de Scott ; comme il avait une assurance responsabilité civile et qu'ils avaient convenu de partager l'argent, ils étaient bénéficiaires tous les deux.

236 ♦ GARE VICTORIA

Brian était conducteur de bus. Bill courait pour attraper le bus et y arriva ; il devint donc passager du bus.

237 ♦ UN COUPLE AIMANT

Jacques savait qu'il souffrait d'une maladie incurable et avait décidé de se suicider, d'abord pour éviter à sa femme de le soigner quand son état empirerait, ensuite pour qu'elle touche la prime d'assurance et soit à l'abri du besoin. Il mit donc en scène son propre meurtre car sa police d'assurance comportait une clause d'exclusion de garantie en cas de suicide.

Il avait fermé la porte du bureau à clé, ouvert la fenêtre et entama une conversation avec un interlocuteur imaginaire dès qu'il entendit Catherine essayer d'ouvrir la porte. Puis il se poignarda, en tenant le couteau avec le linge qui lui servait à nettoyer ses coupes sportives pour ne pas laisser ses empreintes. Le linge était tombé sur le sol après le coup.

238 ♦ UNE LECTURE ESSENTIELLE

L'annuaire téléphonique.